Gabi hat sich inzwischen mit ihrem Dasein im Jenseits abgefunden.

Die Abenteuer in der körperlosen Welt gehen weiter.

Nach „**Gabis Nachruf**" (Teil 1) und „**Wie lange dauert für immer**" (Teil 2) ist das Taschenbusch „**Der Tod ist nicht das Ende**" (Teil 3) die Fortsetzung der mysteriösen Geschichte um einen Todesfall.

Gabriele Balmy

Der Tod ist nicht das Ende

Gabis Nachruf Teil III

Eine mysteriöse Geschichte um einen Todesfall

Bibliografische Information der Deutschen Nationalbibliothek:
Die Deutsche Nationalbibliothek verzeichnet diese Publikation in der Deutschen Nationalbibliografie, detaillierte bibliografische Daten sind im Internet über http//dnb.de abrufbar

Impressum
Herstellung und Verlag
BoD-Books on Demand,
Norderstedt 2020
ISBN 978-3-750-44215-3

Entfalte dich und finde zu dem,
weshalb du wirklich hier bist.

Das ist das, was dich beflügelt
und glücklich macht.

(Verfasser unbekannt)

Nachdenklich schlendere ich durch die nächtlichen Frankfurter Straßen. Über mir funkeln die Sterne wie glitzernde Goldteilchen.

Wie mag es dort oben wohl sein? Ob es wirklich Engel gibt, die zwischen den Sternen umherfliegen? Ich stelle mir vor, wie die Engelschar fröhlich lachend von einem Leuchtobjekt zum anderen springt und sich dann erschöpft auf eine Wolke fallen lässt, um dort zu entspannen.

Vielleicht schimpft ihr Gottesvater mit ihnen, weil sie doch den Menschen helfen sollen, anstatt Unfug zu treiben. Bei diesem Gedanken muss ich schmunzeln. Allerdings finde ich, der Vater hat recht.

Ich könnte zum Beispiel ihre Hilfe gebrauchen, wie viele andere natürlich auch.

Eigentlich haben die goldigen Kerlchen doch gar keine Zeit zum Spielen, es besteht sehr viel Handlungsbedarf auf der Erde. Da muss der Vater wohl noch an einem Plan arbeiten und diese kleinen beflügelten Wesen sinnvoll einteilen. Ohne Durchsetzungsvermögen läuft vermutlich auch auf dem Gebiet nichts.

Als Kind habe ich mit meiner Freundin oft auf dem Garagendach gelegen und den nächtlichen Sternenhimmel beobachtet. Heute sieht man auch hier in der Stadt verhältnismäßig viele Sterne, nur wenige Wolken verdecken den Himmel.

Eine Sternschnuppe bahnt sich leuchtend den Weg durch die Nacht. Ich habe einmal gehört, dass ein Wunsch beim Anblick einer Sternschnuppe in Erfüllung geht, man muss ihn aber für sich behalten und darf den Wunsch niemandem verraten.

Mir fällt leider so schnell nichts ein. Oder doch? Mit geschlossenen Augen wünsche ich mir Hilfe bei der Erfüllung meiner Mission. Allerdings kann ich nicht so recht daran glauben, dass der Wunsch wirklich in Erfüllung geht. Ob es auch bei Ungläubigen wirkt? Man wird sehen.

Ich habe auch nicht an ein Leben nach dem Tod geglaubt. Wie es scheint, lebt zumindest die Seele weiter, das weiß ich nun aus eigener Erfahrung. Was dann noch kommt, entzieht sich momentan meiner Kenntnis. Zumindest weiß ich inzwischen, dass die Geistergeschichten, die man so hört, nicht alle frei erfunden sind. Es gibt sie wirklich, die sogenannten Geister, und ich bin nun einer von ihnen.

Ein grauhaariger Herr schaut mich im Vorbeigehen wortlos, mit anklagender Mine an. Er hat ein volles Gesicht, seine dunkle Hornbrille ist auf die Nasenspitze gerutscht. Der Kragen seines dunkelgrauen Trenchcoats ist lässig hochgeschlagen. Unter der geöffneten Jacke fällt mir ein tadellos sitzender hellgrauer Anzug auf. Was will der denn? Warum glotzt der mich so an? Sein Blick erweckt in mir Schuldgefühle. Meine Mission fällt mir wieder. Aber was sollte der Fremde damit zu tun haben? In dieser seltsamen Welt wundert mich jedoch gar nichts mehr.

Der mysteriöse Mann biegt in die nächste Seitenstraße ab, kein Grund zur

Besorgnis. ´Ich sehe auch schon Gespenster`, denke ich ironisch.

Ein roter Sportwagen rast an mir vorbei Richtung Innenstadt. Die junge Fahrerin hat die rote Ampel nicht beachtet. Glücklicherweise war die Kreuzung gerade leer.

Die hatte es aber eilig. Ob sie wohl von ihrem Liebhaber auf dem Weg zum ahnungslosen Ehemann ist, der zu Hause wartet?

Oder hat sie ihren Freund mit einer anderen erwischt und fährt nun aufgebracht und unendlich enttäuscht durch die Nacht. Es gibt viele Gründe für ihr Verhalten, daher sollte man jemanden nicht verurteilen, ohne zuvor das „warum" zu klären.

Eine Taube gurrt verschlafen auf dem Baum, sie träumt wohl. Und klack, hat sie etwas fallen lassen, fast hätte es einen nächtlichen Fußgänger erwischt, der nun fluchend einen großen Bogen um den Baum macht. Der Gehweg ist an jener Stelle schon übersät mit Taubenkot.

Ein lauter Knall ertönt und hallt erschreckend laut durch die Nacht, dann legt sich eine Totenstille über die Stadt. Was ist passiert? Eine Explosion? Sollten hier etwa Terroristen am Werk sein? Neugierig lenke ich meine Schritte in die Richtung, aus der der Krach kam.

Der rote Sportwagen steckt qualmend und zerknautscht in der Ecke einer Häuserwand. Die Fahrerin sitzt blutüberströmt darin, den Kopf in der zerbrochenen Frontscheibe. Sie war wohl nicht angeschnallt, aber warum hat sich der Airbag nicht geöffnet?

In einigen Häusern ringsherum gehen die Lichter an, neugierige Gesichter erscheinen an den Fensterscheiben. Zwei Autos halten, um Hilfe zu leisten. Einer der Fahrer zückt mit zitternden Händen sein Handy, um den Rettungswagen zu rufen. Der andere versucht, mit der Fahrerin zu reden.

Aber was ist das? Die dunkelhaarige junge Frau steigt in ihrem schwarzen Cocktailkleid und den knallroten Absatzschuhen aus dem Auto. Sie sitzt aber auch immer noch blutüberströmt darin.

Das muss wohl ihre Seele sein, die den Körper gerade verlässt.

Sie schaut sich verstört den demolierten roten Lamborghini an und beginnt, hysterisch herum zu schreien. „Mein Auto! Mein wundervolles Auto! Wie komme ich denn nun nach Hause!?"

Das ist vermutlich der Schock. Verzweifelt bittet sie erst den einen, dann den anderen Helfer, sie nach Hause zu fahren.

Die Herren beachten sie gar nicht. Die Ersthelfer haben inzwischen den Herzstillstand der Fahrerin festgestellt und warten schockiert auf den Rettungswagen. Die Sirene des sich nähernden Fahrzeugs ist schon aus der Ferne zu hören.

Währenddessen hat sich eine Menschentraube um den Unfallort gebildet. Niemand von den Leuten beachtet die weinende Frau, die verzweifelt einen Fahrer sucht. Es kann sie niemand sehen oder hören.

Dann hält die junge Fahrerin, oder besser gesagt ihre Seele, kurz nachdenklich inne, nimmt hastig ihre unbequemen

Schuhe in die Hände und läuft in Windeseile davon.

Ich verdrehe die Augen. Oh nein, was soll das denn nun wieder? Was für eine verrückte Welt.

Ich habe genug von dem ganzen Trubel und will einfach nur noch meine Ruhe.

Inzwischen ist der Rettungswagen da. Im Vorbeigehen höre ich, wie ein Helfer mit zitternder Stimme dem Sanitäter erzählt, dass die Dame stark nach Alkohol riecht und da wohl auch nichts mehr zu retten sei.

Das erklärt, warum sie weggelaufen ist. Sie hat ihren plötzlichen Tod noch nicht bemerkt, so erging es mir damals auch. Trunkenheit am Steuer wird hart bestraft, deshalb ist sie wohl weggelaufen.

Morgen kann ihr niemand mehr nachweisen, dass sie alkoholisiert Auto gefahren ist. So entkommt sie einer Strafe, vermutet sie wohl.

Die wird staunen, wenn sie irgendwann einmal feststellt, dass sie sich totgefahren hat. Da muss sie dann durch, wie wir alle.

Ich habe einmal gehört, dass man, wenn man gestorben ist, auf der anderen Seite abgeholt wird. Einige Leute behaupten sogar, wenn man stirbt muss man einen Fluss überqueren, dann wird man dort von einem lieben, bereits verstorbenen Menschen empfangen.

Das stimmt dann wohl nicht ganz. Mich hat niemand abgeholt und ich musste auch über keinen Fluss. Auch die Frau dort wurde von niemandem empfangen.

Oder wäre das meine Aufgabe gewesen? Aber das kann ich mir nicht vorstellen, wir kennen uns nicht und sie hätte mir auch nicht geglaubt.

Andere erzählen von einem wundervollen hellen Licht, in das man geht und von einem großen Glücksgefühl. Auch das kann ich nicht bestätigen. Aber vielleicht ist das auch bei jedem anders.

Ich habe keine Ahnung wie spät es ist, aber ich will mich im Kaufhaus verkriechen bevor der Laden aufmacht, dann wird es mir zu turbulent.

Ich muss daran denken was Gitti mir vorhin erzählt hat. Was ist das nur für eine Welt, in der selbst Anwälte und Gerichte nicht für Gerechtigkeit sorgen? Warum gibt es denn in dieser Welt keine angenehmen Dinge? Jedenfalls habe ich bisher in diesem „Totenreich" nichts Schönes erlebt.

Ich will mich mit den ganzen Problemen nicht belasten, habe genug eigene Probleme und eine anscheinend unmögliche Aufgabe zu erfüllen.

Ich muss meine ehemalige Geliebte Hilde und ihren Sohn Thomas dazu bringen, das unrechtmäßig erworbene Vermögen meiner Familie wieder zurück zu geben.

Sie haben nicht nur mich, sondern auch den Rest der Familie betrogen und mein Leben auf dem Gewissen.

Rechtmäßig hätte meinem Stiefbruder nach meinem Ableben die Villa und das Vermögen zugestanden, natürlich auch der kostbare Familienschmuck, so war es eigentlich ausgemacht und ursprünglich auch testamentarisch festgelegt.

Stattdessen haben sich die beiden alles unter den Nagel gerissen. Sie haben uns belogen und betrogen. Bittere Enttäuschung steigt wieder in mir hoch und plötzlich erscheint mir der Sternenhimmel schmutzig. Dunkle Wolken ziehen dahin und verdecken die glänzende Sternenpracht.

Ich hätte es mir denken können, dass sie mir nach der Testamentsänderung nach dem Leben trachten. Warum war ich nur so dumm und gutgläubig und habe mich von ihnen erpressen lassen?

„Hey, pass doch auf!" motzt mich ein bärtiger alter Mann an, der geschäftig mit seiner Aktentasche vorbeieilt. `Wieso soll ich aufpassen, du Depp, du hast mich doch angerempelt`, denke ich erzürnt.

Wie immer habe ich keine Lust auf Streit, also behalte ich die Worte für mich, ziehe die Schultern noch etwas höher, vergrabe die Hände in die Hosentaschen und setze meinen Weg fort.

Erst jetzt fällt mir auf, dass ich noch denselben anthrazitfarbenen Hausanzug wie an meinem Todestag trage. Das ist nicht gerade die richtige Kleidung für einen Ausflug in die Stadt.

Vielleicht hat der „grauen Mann" mich deshalb vorhin so angeschaut.

Thomas wollte Alleinerbe sein. Wäre ich in meinem Leben immer ehrlich gewesen, hätte es keinen Grund für eine Erpressung gegeben. Aber ich war Hilde hörig, hab alles für sie getan, nur damit sie bei mir bleibt. Die Idee mit dem Versicherungsbetrug kam von Thomas, aber ich habe mitgemacht und für sie gelogen.

Die Hälfte der Villa hätte nach dem Tod seiner leiblichen Mutter meinem Stiefbruder Franz zugestanden. Er ist in diesen Dingen sehr nachlässig und wollte nie etwas Schriftliches.

Franz hat mir vertraut und mir lebenslanges Wohnrecht in dem Gebäude zugesichert.

Ich sehne mich so sehr nach Ruhe und Geborgenheit. Meine Villa wurde inzwischen verkauft, ich habe kein zuhause mehr. Dabei war mein Bett immer der beste Zufluchtsort.

Wenn es Probleme gab oder mir alles zu viel war, habe ich mich immer unter der

Bettdecke verkrochen, um in Ruhe über alles nachzudenken.

Danach war alles halb so schlimm. Jetzt werde ich mir im Möbelhaus in der Bettenabteilung einen solchen Zufluchtsort suchen. Ich bin für die Menschen unsichtbar, mich wird also niemand bemerken und ich habe endlich meine Ruhe.

Ich werde mich einfach unter einer Zudecke verstecken und dort für immer bleiben.

Da wären wir wieder beim Thema: Wie lange dauert für immer?

`Mensch Gabi, reiß dich mal zusammen, ständig kreisen deine Gedanken um dieselben Dinge`, rüge ich mich selber.

„Hallo schöne Frau, darf ich Sie zum Essen einladen?" Ertönt eine angenehme Männerstimme in meiner Nähe.

Der meint sicher nicht mich. Mit gesenktem Blick marschiere ich zielstrebig weiter.

„Warum hast du es so eilig? Wir haben doch Zeit ohne Ende," erklingt die Stimme wieder. Ich höre einen leichten Berliner Akzent heraus. Das gefällt mir. Unauffällig drehe ich meinen Kopf in seine Richtung. Da steht er, ein gutaussehender Herr im mittleren Alter. Er trägt kurze mittelblonde Haare, einen Dreitagebart und hat stahlblaue Augen, so blau und tief wie das Meer.

Wie ein Blitzschlag fährt es mir in die Magengrube. Diese Augen! Was für ein Mann! Ich spüre Schamesröte in mir aufsteigen. Verschmitzt grinst er mich an.

„Gehen wir zusammen essen?" fragt er noch einmal sanft und schaut mich dabei erwartungsvoll an.

Hastig hefte ich meinen Blick auf den Kastanienbaum, der am Straßenrand steht. Die Blätter erstrahlen in saftigem grün und zarte Knospen verschönern das Bild.

Durch meinen Bauch flattern Schmetterlinge. Ich habe das Gefühl, der Erdboden bebt und wird mich jeden Moment verschlucken. Er kann nicht mich meinen, so ein Mann spricht mich nicht an.

Beschämt wünsche ich mir in diesem Augenblick, mein Ausgehkostüm zu tragen, das dunkelblaue, das Hilde so gut gefallen hat.

Verlegen schau ich an mir herunter. Anstatt in den Turnschuhen stecken meine Füße jetzt in flachen schwarzen Pumps. Das passt doch gar nicht zum Sportanzug.

Erstaunt stelle ich fest, dass ich nun wunschgemäß in meinem dunkelblauen Hosenanzug stecke. Wie praktisch diese Welt doch sein kann. Mir scheint, hier gehen manchmal Wünsche in Erfüllung.

Erst jetzt fällt mir auf, dass viele Leute im nächtlichen Frankfurt unterwegs sind. Sind das alles Verstorbene oder sind die Lebenden auch noch in so großer Anzahl unterwegs?

Eine blonde Frau in einer auffällig pinkfarbenen Jacke lächelt den Herrn verführerisch an. Ihre Haare sind kunstvoll zu einem Knoten geformt und nur einige Strähnchen, kräuseln sich frech an beiden Gesichtshälften bis zum Kinn herunter. Riesige Kreolen klammern sich an ihre Ohren und wanken lustig hin und her.

Die weiße Hose sitzt so eng, dass man fürchtet sie würde bei der nächsten Bewegung aus den Nähten platzen. Alles ist farblich aufeinander abgestimmt, sogar die Absatzschuhe haben die Farbe der Jacke.

Auf solch hohen Schuhen könnte ich gar nicht gehen, das sind sicher acht Zentimeter.

Aufreizend lässt sie ihr Becken kreisen und ihre Zunge fährt sinnlich über die Lippen, während sie den Herrn verführerisch anlächelt.

Wie konnte ich nur glauben, dass ich gemeint bin. Ich bin doch ein Mauerblümchen und kein Vergleich mit so einem „Schmetterling".

Einige Asiaten schlendern in ihren schwarzen Anzügen schwatzend vorbei.

Die waren sicherlich nach einem Meeting noch etwas trinken.

Hundert Meter weiter hält ein Bus und verschluckt eine Gruppe Menschen, die sich dort versammelt hatte.

Bei dem Anblick des haltenden Fahrzeugs erhöhen die Geschäftsleute ihr Tempo.

Werden sie den Bus noch rechtzeitig erreichen? Die Tür hat sich bereits geschlossen und das Fahrzeug rollt langsam an.

Gespannt schau ich dem Treiben zu. Wild gestikulierend rufen die Herren dem Bus etwas in einer fremden Sprache nach und wie ein Spuk stoppt das Fahrzeug im Schatten einer Straßenlampe.

Die Hintertür öffnet sich mit einem Zischen, das durch die Nacht hallt, um die erleichterten Herren im Bauch des Fahrzeugs zu beherbergen.

Währenddessen hakt sich die „Pink-Dame" kichernd bei dem Herrn ein.

Jetzt sehe ich ihr Gesicht etwas genauer und finde es gar nicht mehr schön. Sie sieht alt und verbraucht aus. Ihr ganzes Erscheinungsbild wirkt in meinen Augen „nuttig".

Der muss es ja nötig haben! Vielleicht ist er auch blind. Die auffällige Kleidung und die riesigen Ohrringe lenken von ihrem wahren Aussehen ab. Hauptsache blond gefärbt, darauf stehen Männer, das habe ich schon gehört. Sieht er das Täuschungsmanöver denn nicht?

Enttäuscht setze ich meinen Weg fort. Aus den Augenwinkeln sehe ich wieder den grauen Mann, der am Straßenrand steht und mich anschaut.

Allerdings dringt diese Nebensächlichkeit gar nicht in mein Bewusstsein. Zu sehr hat sich der gutaussehende Herr in mein Gedächtnis gegraben.

Warum bin ich denn nur so enttäuscht? Männer interessieren mich doch gar nicht. Erstaunlicherweise hat mir dieser Mann aber gefallen und es hätte mir gutgetan, begehrt zu werden, verteidige ich mich vor mir selber.

Andererseits bin ich auch erleichtert. Das wäre mir doch alles zu kompliziert geworden.

Wenn ich mir vorstelle, ich würde jetzt an seinem Arm hängen, was würde ich dann mit ihm reden? Ich hätte vor lauter Aufregung kein Wort herausbekommen.

Die Tussi kichert wie ein Teenager und ist doch sicher schon mindestens sechzig oder noch älter. Aber ihm scheint es zu gefallen.

Meine Gedanken reisen in die Vergangenheit.

Ich hatte, im Gegensatz zu meinen Klassenkameradinnen, den ersten Freund mit zwanzig.

Bernd war nicht besonders ansehnlich, aber sehr nett. Wir waren beide noch unerfahren und mehr als ein paar scheue Küsse war zwischen uns nicht.

Ich war froh, endlich auch mit jemanden zusammen zu sein. Ihm ging es anscheinend ähnlich und wir sind stolz Hand in Hand durch die Straßen von Langen geschlendert.

Damals lebten meine Eltern noch und mein Bruder zog derzeit noch mit seinen Kumpels gröhlend durch die Kneipen.

Mein Bruder Klaus hat uns eines Tages überredet, ihn und seine anderen Saufkumpane nach Frankfurt in eine Diskothek zu begleiten.

Bernd wollte eigentlich nicht, aber mir zuliebe ist er auch mitgefahren.

Es war ein schönes Gefühl, dazu zugehören. Richtige Freundinnen hatte ich leider zu dem Zeitpunkt nicht. Die beiden Mädels aus der Schulzeit, mit denen ich viel zusammen war, hatten inzwischen einen richtigen Freund, und andere Interessen. Beatrice hatte sogar schon ein eigenes Kind.

Was dann geschah, weiß ich eigentlich gar nicht mehr so genau. Wir waren in der Disco, haben getanzt, gelacht und getrunken.

Damals habe ich von Alkohol nicht viel gehalten, aber an dem Abend hat es sich so ergeben, dass ich mitgetrunken habe. Wenn ich so zurückdenke, waren es die letzten fröhlichen Stunden, die ich in jungen Jahren hatte.

Als ich dann aufgewacht bin, lag Bruno neben mir. Bruno war der beste Kumpel von Klaus. Ich saß vor Entsetzen kerzengerade im Bett und ein Schrei wollte meine Kehle verlassen, blieb aber auf dem Weg in die Freiheit stecken.

Sonnenstrahlen drangen durch die halb zugezogenen Vorhänge ins Zimmer und draußen kläfften sich zwei Hunde wütend an.

Wie kommt der zu mir ins Bett und wo war Klaus? Wessen Wohnung war das überhaupt? Hier war ich noch nie.

Ich konnte mich an nichts mehr erinnern.

Hastig wollte ich das Bett verlassen, als Bruno mich am Handgelenk packte und zurückzog. Bei der Erinnerung daran schaudert es mich heute noch.

Bruno hatte ungepflegte, schulterlange, schwarze Haare und war nicht nur an den Armen tätowiert.

Eigentlich mochte ich ihn nicht so besonders, hatte mich aber Klaus zuliebe oft mit ihm unterhalten.

Klaus war das wichtig, dass ich nett zum ihm war. Warum er so sehr an Bruno hing, habe ich nie verstanden.

Klaus meinte immer, dass Bruno „einen Narren an mir gefressen hat".

Bruno hat mir damals oft ziemlich derb auf den Hintern gehauen. Das hat dann richtig weh getan. Aber die Männer haben nur gelacht, wenn ich mich darüber beschwerte.

Wenn man jemanden mag, schlägt man ihn doch nicht. Also war meine Schlussfolgerung, dass Bruno mich nicht mag und sich nur über mich lustig macht.

An jenem Morgen beugte er sich über mich und wollte mich küssen.

Entsetzt drehte ich mein Gesicht zur Seite. Seine Hände begannen, an mir herumzufummeln und ich zappelte wie ein Fisch auf dem Trockenen. Endlich bahnte sich der Schrei durch meine Lippen ins Freie.

Gekonnt verschloss Bruno meinen Mund durch seine nach Alkohol und Zigarette schmeckenden Lippen.

Jetzt erst bemerkte ich, dass ich unbekleidet war. Wie konnte das passieren und wo war Bernd? Mein lieber Freund Bernd, seine Küsse waren viel angenehmer. Verzweifelt wehrte ich mich, aber ich hatte keine Chance.

Im Nachhinein vermute ich, dass ich nicht die Erste war, die Bruno vergewaltigte. Er hatte darin so viel Übung, dass all meine Bemühungen zu entkommen erfolglos blieben. Auch meine Hilfeschreie blieben wirkungslos. Aus dem Nebenraum erklang nur Gelächter.

Als er endlich mit mir fertig war, zog er sich an und ging wortlos.

Verstört bin ich dann auch in meine Kleidung geschlüpft, um das Zimmer auf leisen Sohlen zu verlassen. Es war niemand mehr anwesend und ich weiß bis heute nicht, wessen Wohnung das war.

Konnte mich auch später nicht daran erinnern, wie ich nach Hause gekommen
bin. Ich habe mich nur so unendlich ge-
schämt.

Bernd habe ich nie wiedergesehen. Was
damals in der Diskothek geschah und
wie ich in die fremde Wohnung kam,
habe ich auch nie erfahren. Ich wollte es
auch nicht wissen, es hätte sowieso
nichts mehr geändert. Mein Freund
Bernd blieb jedenfalls seit dem Vorfall
für mich unerreichbar. Er hat mich nie
mehr angerufen und ist auch nicht ans
Telefon gegangen, wenn ich es bei ihm
versucht habe.

Seitdem waren Bruno und ich zusammen, Klaus hat es so geregelt. Bruno
kam regelmäßig zu mir ins Bett, ohne
dass meine Eltern es bemerkten. Klaus
hatte ihn dann immer heimlich für einige

Stunden reingeschmuggelt. Bei mir zu Hause war Bruno immer nett zu mir, wir mussten leise sein, damit die Eltern nichts merkten.

Oft hat Klaus mich mitgenommen in Brunos Wohnung. Das war nicht so angenehm. Bruno war dann meist ziemlich grob. Manchmal hatte Bruno schon nach zwei Tagen wieder Sehnsucht nach mir, weil er mich so sehr liebte, wie er mir immer wieder versicherte. Das hat mir geschmeichelt. Es ist doch ein schönes Gefühl, geliebt zu werden.

Gelegentlich hat er mir auch Geschenke gemacht und sogar einmal ins Kino eingeladen. Aber eigentlich war ich froh, wenn ich ihn nicht sehen musste.

So ist das, wenn man mit jemanden zusammen ist, dachte ich damals und mir tat meine Mutter leid. Das war wahrscheinlich der Grund für ihren übermäßigen Alkoholkonsum.

Mein Vater war Chemie Professor und oft unterwegs auf Tagungen. Darüber war Mutti sicherlich froh und sie konnte sich von ihren ehelichen Pflichten erholen, war meine Vermutung.

Einmal habe ich gehört, wie Mutti sich bei Papa darüber beschwerte, dass er so oft fort ist. Darüber war ich sehr erstaunt, aber das hat sie sicher nur gesagt weil sie wusste, dass ich zuhöre und sie wollte mir die Angst vor einer Beziehung nehmen. Sie konnte ja nicht wissen, dass ich zu dem Zeitpunkt schon fast sechs Monate mit Bruno zusammen war.

Wenn ich aus dem Haus gegangen bin, war mein Bruder Klaus immer dabei und die Eltern dachten, dass Klaus auf seine jüngere Schwester aufpasst. Dass das Gegenteil der Fall war, ahnten sie nicht. Zur Disco haben Klaus und Bruno mich nie wieder mitgenommen.

Schade, ich hätte mich auch gerne wieder amüsiert. Es würde sich nicht gehören, antworteten sie dann auf meine Bitte.

Wenn man mit jemanden zusammen ist, müsse man zu Hause bleiben. Bei Männern sei es etwas anderes, hieß es. Die müssten mit ihren Kumpels unterwegs sein, das sei sehr wichtig für sie.

Eines Morgens stand in aller Frühe die Polizei vor unserer Tür.

Klaus, Bruno und noch ein anderer Kumpel hatten einen Autounfall. Ich habe gehört, wie Mutti geschrien und geschrien

hat und dann irgendwann zusammenge-
brochen ist. Der Polizeiarzt, der auch anwesend war, hat dann den Krankenwa-
gen gerufen.

Papa war zu dem Zeitpunkt auf einem
Kongress in Berlin. Als er am nächsten
Tag nach Hause kam, wusste er bereits
von der Tragödie.

Es war so schlimm. Mein Bruder, der mir
sehr viel bedeutete und für den ich alles
getan hätte, war sofort tot.

Meine Eltern waren seitdem nicht mehr
ansprechbar, jeder versuchte auf seine
Weise mit der Situation umzugehen.
Und ich war jetzt ganz allein.

Bruno ist drei Tage später im Kranken-
haus gestorben. Ich wollte ihn besu-
chen, aber ich war von dem Schock wie
gelähmt. Der andere Kumpel, der hinten
im Auto saß, sitzt seitdem im Rollstuhl.

Sie sind in einer Kurve gegen einen Baum geprallt. Die Polizei hat meinen Eltern erzählt, dass sie alle betrunken waren und wohl auch Drogen genommen hatten.

Anfangs habe ich sehr gelitten, schließlich war Klaus mein Bruder und Bruno mein Freund.

Ich habe mich tagelang unter der Bettdecke verkrochen und bin nur zum Essen herausgekommen. Aber dann habe ich gemerkt wie schön es ist, die Unannehmlichkeiten mit Bruno nicht mehr über mich ergehen zu lassen.

Bruno hat immer komische Dinge mit mir gemacht und auch von mir verlangt. Er meinte, dass man das so mache, wenn man zusammen ist.

Seitdem verabscheue ich die Nähe von Männern.

Umso mehr bin ich darüber erstaunt, welche Wirkung der blauäugige Herr auf mich hat. Aber vielleicht liegt es auch daran, dass ich keinen Körper mehr habe. Niemand kann mir mehr weh tun.

„Mensch Gabi," ermahne ich mich, „der Kerl ist mit einer anderen losgezogen und du hast schon genug Probleme." Ich muss jetzt erst einmal in Ruhe über alles nachdenken.

Endlich stehe ich vor dem Möbelhaus. Wieder sehe ich den grauhaarigen Mann im grauen Trenchcoat. An dem ist wirklich alles grau, fällt es mir auf, sogar die Schuhe.

Man könnte sagen, der Mann ist grauenvoll, aber er macht auf mich seltsamerweise einen sympathischen Eindruck. Erneut schaut er mich mit seiner Brille vorwurfsvoll an, sagt aber kein Wort.

Ich drücke meinen Körper gegen die Wand. Schwupps, bin ich drinnen. Wie praktisch.

Aber was ist das? Ich wollte hier meine Ruhe finden und im Kaufhaus wimmelt es von so vielen Leuten, wie an einem ganz normalen Arbeitstag. Wie kann das sein? Sind das alles Verstorbene mit der gleichen Idee wie ich? Ich will endlich ein Bett!

„Die Bettenabteilung ist in der ersten Etage," informiert mich eine geschäftige, weibliche Stimme.

Hat sie meine Gedanken gehört? Wie kann das angehen? Ach, das ist mir jetzt auch egal. Ich bahne mir einen Weg durch die Menschentraube, die vor den Sonderangeboten steht. Was wollen die denn alle hier? In unserem Zustand brauchen wir doch gar nichts mehr. Aber manche Leute können einfach nicht genug bekommen, im Leben wie im Tod.

Ein korpulenter Herr mit Vollbart und dunkler Kleidung schreitet gemächlich durch das Kaufhaus. Es ist wohl der Nachtwächter, ein Lebender.

Seine Taschenlampe beleuchtet die eine oder andere Stelle.

Als es plötzlich Krach am „Grabbeltisch" gibt, leuchtet er ganz spontan kurz in die Richtung.

Das war wohl eher Instinkt, er kann die Unruhe der „Körperlosen" unmöglich bemerkt haben.

Zwei Damen haben sich gleichzeitig für ein giftgrünes Oberteil entschieden und jede zerrt an einem Ende, bis eine der Damen keifend nachgibt.

Eine weiße durchscheinende Gestalt schwebt am Nachtwächter vorbei und streicht ihm liebevoll übers Haar. Der ahnungslose Mann zieht fröstelnd den Kragen seiner Jacke höher.

Vielleicht ist die weiße Erscheinung die Schneekönigin und jagt ihm kalte Schauer über den Rücken. Eine innere Stimme sagt mir aber, dass es seine verstorbene Mutter ist, die ihn immer noch behütet.

Wenn der Nachtwächter wüsste, was hier wirklich los ist, würde er nicht so gemütlich durch die Gegend spazieren.

Ich muss an Sebastian aus dem Bestattungshaus denken. Der hätte hier ganz sicher für Ordnung gesorgt. Aber ein Sebastian kann schließlich auch nicht überall sein.

Am anderen Ende der Abteilung entdecke ich plötzlich meinen Bruder. Er schaut sich etwas desinteressiert einige Krawatten an.

Das ist ja unfassbar, nun sehe ich Klaus doch noch wieder.

Freudig versuche ich, mir einen Weg durch die Menschenmenge bei den Sonderangeboten zu bahnen.

Ich muss noch an den Umkleidekabinen vorbei, um ihn zu erreichen. Hier stehen vor jeder Kabine 2-3 wartende Damen mit Kleidungsstücken in der Hand. Was ist denn nur heute los? Man könnte meinen, es gibt etwas umsonst.

Eine füllige Dame mit frechem bläulichen Fransenhaarschnitt schiebt mich entschuldigend beiseite. Sie hält eine dunkelgrüne Bluse und einen gelben Pullover im Arm und stellt sich hastig an eine der „Kabinenschlangen".

Amüsiert schau ich dem Treiben kurz zu.

Der „Kampf" um die Umkleidekabinen. Jede der Frauen beeilt sich, möglichst schnell einen Platz an der Warteschlange zu bekommen. Wer möchte schon lange warten…

Das wäre mir alles viel zu anstrengend. Erst zwischen den ganzen Kleiderständern und „Grabbelboxen" gemeinsam mit anderen etwas Passendes zu finden, dann schnell zur Umkleide und dort warten.

Hat man erst einmal eine Kabine ergattert, kann man sich Zeit lassen. Ein junges Mädchen hat mehrere Kleidungsstücke im Arm.

Als sie endlich eine Kabine erwischt hat kommt sie mit jedem einzelnen Teil bekleidet heraus und diskutiert mit der Freundin ausgiebig darüber, ob es ihr steht, zu groß oder zu klein, zu lang oder zu kurz ist.

Währenddessen wird die Schlange der Wartenden noch länger.

Ich lenke meinen Blick wieder zu Klaus, der unterhält sich inzwischen unauffällig mit einem Ehepaar, das neben ihm steht und auch ziemlich lustlos nach einer Krawatte sucht.

Irgendetwas stimmt da nicht. Sie verhalten sich so krampfhaft unauffällig, dass es auffällt.

Die junge Dame in ihrer Umkleidekabine ist inzwischen fertig und hängt alle Kleidungsstücke an einen Ständer. Sie geht mit leeren Händen und die nächste darf ihre ergatterte „Beute" endlich anprobieren.

Da war die ganze Aktion der jungen Damen umsonst. Schade um die Zeit.

Ich lenke meinen Blick wieder rüber zur Herrenabteilung.

Ist das wirklich Klaus? Zweifelnd begebe ich mich mit langsamen Schritten weiter in seine Richtung, als das Ehepaar erwartungsvoll nach rechts zur Eingangstür schaut. In dem Moment erkenne ich ihre Gesichter.

Dieses Mal sind es keine Schmetterlinge, die das Kribbeln in meinem Bauch verursachen, es fühlt sich eher wie ein Blitzschlag an.

Hastig eile ich zur Treppe, die in die obere Etage führt. Es waren mein Vater und seine zweite Frau, die sich mit Klaus am Krawattenstand unterhalten haben.

Ich bin froh, dass sie mich nicht gesehen haben. Sie hätten sonst wieder mit mir geschimpft und versucht mich dazu zu bewegen, meine Mission zu erfüllen.

„Damit wir alle erlöst werden", hatten sie mir bei unserer letzten Begegnung gesagt.

Ich habe aber keine Lust auf solche Unannehmlichkeiten.

Auf wen sie wohl gewartet haben? Vielleicht auf mich? Da war ich wohl etwas schneller als sie dachten, schießt es mir triumphierend durch den Kopf.

Die Bettenabteilung, endlich. Und wie viele wunderschöne einladende Schlafgelegenheiten hier herumstehen, in unterschiedlichen Formen und Varianten.

Welch Freude. Was ist schon ein blauäugiger Typ im Vergleich zu einem wundervollen, gemütlichen Bett. Ach ist das schön. Nun habe ich die Qual der Wahl. Hier stehen verschiedene Boxspringbetten. Immer wieder wurden diese Nachtlager in den Medien beworben. Was das

Besondere daran sein soll habe ich bisher nicht herausgefunden. Jetzt ist Gelegenheit es zu testen.

Ich entdecke ein ansprechendes Modell, mit Samt bezogen und einem hohen Kopfteil. Auf diesem Möbelstück kann man auch bequem im Sitzen lesen oder fernsehen und sich dabei anlehnen. Mir gefällt die Bettwäsche mit den bunten Schmetterlingen.

Zufrieden lasse ich mich auf diesem wundervollen, lang ersehnten Teil nieder.

„Hey! Verschwinde!" ertönt eine gedämpfte Stimme. Erschrocken springe ich auf. Wie es aussieht hatte schon jemand anderes diese Idee gehabt. „Das hier ist mein Bett," tönt es wütend.

„Tut mir leid," entschuldige ich mich kleinlaut, „ich wusste nicht..."

„Bist du neu hier?" Ein schwarzer Lockenkopf schaut neugierig unter der Bettdecke hervor. Zwei dunkelbraune Augen blinzeln mich lustig an. „Ja," erwidere ich. „Ich wusste nicht, dass hier auch andere Leute schlafen" verteidige ich mich vorsichtig. „Wo ist denn noch was frei?" frage ich schüchtern.

„Versuchs mal hinten, bei den Betten aus Kiefernholz," erwidert der Lockenkopf. „Die sind nicht so begehrt wie die Boxspringbetten oder die Wasserbetten." „Danke.", antworte ich erleichtert und schlendere gemütlich weiter.

Es ist schon erstaunlich, was nachts im Kaufhaus so alles los ist. Wieder sehe ich den grauhaarigen Mann. Verfolgt er mich oder ist es Zufall, dass er immer gerade dort ist, wo ich auch bin?

Ein Pärchen steht verliebt und heiß diskutierend vor einem Wasserbett. Die beiden sind sicherlich schon 70 Jahre und turteln miteinander, als wären sie 16.

Er wirkt neben der kleinen, zierlichen Frau ziemlich riesig mit seinen breiten Schultern und dem fülligen Bauch. Seine dünnen, schulterlangen grauen Haare hat er jugendlich zu einem Zopf zusammengebunden. Sie scheint dem Aussehen nach Griechin zu sein, mit blond gefärbten Haaren.

„Sollen wir es ausprobieren?" kichert sie und schmiegt sich verliebt an ihn, während sie mit einem verführerischen Blick zu ihm hinaufschaut.

„Mir wäre ein richtiges Bett lieber" gesteht er vorsichtig, mit einer tiefen Männerstimme.

Schon liegt sie glucksend vor Vergnügen auf dem Wasserbett, zerrt ihn zu sich herunter und bringt mit rhythmischen Bewegungen unter seinem Körper das Wasserbett zum Beben.

Das ist ja widerlich! Schnell eile ich weiter und entdecke die Abteilung mit den Kiefernholzbetten. Hier ist es ruhiger. Bis an dieses Ende scheint kaum jemand zu kommen, zumindest kann ich hier niemanden sehen. Aber man weiß ja nie.

Das Bett dort hinten gefällt mir, es hat ein ovales Kopfteil und die dunkelblaue Bettwäsche mit den wunderschönen farbigen Blumen gefällt mir.

Soll ich es wagen?

Vorsichtig setze ich mich auf die Bettkante, darauf gefasst, dass wieder eine wütende Stimme ertönt.

Nichts. Ganz vorsichtig lege ich mich hin. Wieder nichts.

Dieses Bett scheint noch frei zu sein. Selig kuschle ich mich unter die Bettdecke und schließe die Augen. Endlich! Wie lange habe ich auf diesen Augenblick gewartet... Hier bleibe ich bis – bis wann eigentlich?

Egal, man wird sehen. Jedenfalls bleibe ich hier.

In dieser entspannten Geborgenheit schweifen meine Gedanken zurück: Was ist geschehen?

Ich bin tot. Wahrscheinlich vergiftet. Meine Lebensgefährtin Hilde und ihr Sohn Thomas haben nun meine Villa und das gesamte Vermögen.

Ach ja, und dann waren da auch plötzlich wieder meine Eltern, die schon vor längerer Zeit verstorben sind. Sie können keinen Frieden finden, weil ich durch eine Dummheit Hilde und Thomas das Vermögen meiner Eltern vermacht habe. Ich muss es wieder in Ordnung bringen, haben sie gesagt.

Eine schwere Aufgabe, die sie mir aufgetragen haben. Wie soll ich diese Aufgabe nur lösen? Schließlich stecken Hilde und Thomas noch in ihren Körpern und können mich weder hören noch sehen. Für sie bin ich aus der Welt geschafft. Wenn die wüssten... die hätten keine ruhige Minute.

Ich habe keine Idee, wie ich meine Aufgabe lösen kann und starre ratlos zur Decke. Der Anblick sieht nicht gerade einladend aus. Ein riesiges Stück Blech mit Verstrebungen aus Eisen.

Einige runde Lampen beleuchten spärlich den nächtlichen Raum. Das sieht einfach nur hässlich aus. Ein wenig beleuchteter nackter Metallkörper oder besser gesagt, ein nackter Platz mit Leuchten.

Nachdenklich schau ich mich dort oben weiter um. Mit meinem körperlosen Dasein könnte ich mich auch oben an die Decke legen und würde vielleicht nicht einmal herunterfallen. Wie eine Spinne könnte ich dort oben herumkrabbeln, die Schwerkraft funktioniert doch bei Geistern nicht, vermute ich.

„Du solltest einfach mal Abstand nehmen und etwas Anderes tun, dann kommt dir vielleicht eine Idee" dringt eine sympathische Stimme an mein Ohr. Plötzlich sitze ich kerzengerade in meiner dunkelblauen Blumenbettwäsche.

Der Mann mit den stahlblauen Augen steht vor mir und mein Herz klopft bis zum Hals.

Meint er wirklich mich? Und wo ist die aufgetakelte blonde Frau? Hat er inzwischen erkannt, dass sie nur äußerer Schein ist?

„Hey, ich bin Peter." Irritiert schau ich mich um. Es ist niemand hier, sollte er dieses Mal wirklich mit MIR sprechen?

„Ich bin Gabi" krächze ich beschämt und spüre, wie mein Gesicht wieder knallrot anläuft.

„Darf ich mich zu dir setzen?" fragt er höflich. Mir versagt nun endgültig die Stimme und ich nicke nur mit gesenktem Blick.

Wie kann es angehen, dass er plötzlich hier ist und mit mir redet? Ein Traummann. Oder ist das alles nur ein Traum? Hoffentlich kein Alptraum.

„Wo ist denn die blonde Frau?", frage ich vorsichtig, während das alternde Pärchen aus der Wasserbetten-Abteilung entspannt vorbeischlendert. Anscheinend haben sie noch nichts Passendes gefunden. Ängstlich schau ich ihnen nach, sie werden hoffentlich nicht hierbleiben.

„Ich konnte sie abwimmeln," antwortet Peter, „sie hat sich einfach aufgedrängelt. Wahrscheinlich hat sie sich angesprochen gefühlt, aber ich meinte doch dich. Dann bist du so schnell weggegangen, dass ich dachte, du flüchtest vor mir."

Na der erzählt mir vielleicht Geschichten, ich würde es ja zu gern glauben, aber ich habe genau gesehen, wie er sie umgefasst und mit ihr losgezogen ist.

Wahrscheinlich hat die blonde Frau bessere Gesellschaft gefunden und jetzt hat Peter mich entdeckt und denkt sich, besser wie nichts`. Gabi, die zweite Wahl.

Gleichgültig lasse ich mich wieder auf mein wundervolles weiches Bett zurückfallen. Verflogen ist die anfängliche Aufregung und Schüchternheit. ´So ein Mann macht mich doch nicht nervös, der ist mir vollkommen egal´, denke ich trotzig

Peter legt sich in gebührendem Abstand neben mich, es ist ein Doppelbett, genug Platz für zwei,

Die Arme hinter dem Kopf verschränkt starren wir interessiert nach oben. Verschwommen ist sein Spiegelbild an der Decke zu erkennen. Die blauen Augen stechen leuchtend hervor, wie zwei Ozeane, mit jeweils einer kleinen schwarzen Insel darin.

„Wie lange bist du schon hier, in dieser Welt?" unterbricht er die Stille. „Ich weiß nicht, zwei Tage oder drei, oder mehr …"

„Hier vergehen die Tage langsamer, als in der irdischen," klärt Peter mich auf.

Plötzlich springe ich auf. „Wieviel!?" ich schau ihm direkt in die Ozeanaugen.

„Wieviel was?" fragt Peter erstaunt.

„Wie viele Tage in dieser Welt sind das in Erdentagen?" erwidere ich aufgeregt.

„Keine Ahnung," antwortet Peter verwirrt, „so lange bin ich auch noch nicht hier."

„Ich muss los," rufe ich Peter zu und bin dann auch schon auf dem Weg zum Ausgang. Er schaut mir verwundert nach.

Ich wollte doch unbedingt zu meiner Beerdigung, also eile ich zum Bestattungsunternehmen.

Armer Peter, er wusste gar nicht was los ist und irgendwie sah er total süß aus, mit seinem überraschten hilflosen Gesicht. Ob er wohl auf unserem Kienfernholzbett wartet, bis ich wieder zurück bin?

Im Vorbeilaufen sehe ich wieder den grauen Mann, er scheint am Ausgang auf jemanden zu warten und schaut mich erstaunt an. Komischer Zufall, dass er auch immer gerade dort ist, wo ich bin, aber ich denke nicht weiter darüber nach.

Ich habe Glück und erwische die nächste Bahn, die direkt nach Langen fährt.

Es wird schon langsam hell, als ich am Bestattungsunternehmen ankomme. In einigen Stunden öffnet es und trauernde Menschen werden hier Rat und Hilfe suchen. Vielleicht werden sie hier auch Trost finden.

Ich trete wie selbstverständlich ein. Natürlich durch die Wand, ist doch klar. Totenstille empfängt mich. Die Tür zum Büro ist nur angelehnt und dort finde ich auch Sebastian.

Er ist in die Geschäftsbücher vertieft. „Hallo Sebastian", begrüße ich ihn freudig. Er schaut nur kurz auf, nickt traurig und vertieft sich dann wieder in seine Bücher.

„Was ist passiert?" frage ich bestürzt.

„Bist du ganz allein? Wo sind die anderen alle?" Als ich das letzte Mal hier war, „wimmelte" es von Leuten, die nicht wussten wo sie sonst hinsollten.

„Ach Gabi," erschöpft lehnt er sich zurück. Sein Gesicht scheint um Jahre gealtert, um die Augen kringeln sich dunkle Ringe. Seine Gesichtsfarbe ähnelt dem Weiß des Blumenarrangements, das dezent, aber geschmackvoll in der Ecke aufgebaut wurde.

Die schweren, dunkelbraunen Eichenmöbel vermitteln Gemütlichkeit. Sogar ein bequemes Sofa mit einem grünen Samtbezug hat hier seinen Platz gefunden.

In diesem Büro fühlt man sich geborgen. Ob die Särge wohl auch mit grünem Innenfutter bezogen sind?

„Mein Vater war hier," berichtet Sebastian. „Aber das ist ja wundervoll" freue ich mich für ihn.

Er blickt mich mit seinen dunkelbraunen Augen an. In ihnen kann ich Trauer, Wut und Enttäuschung erkennen.

„Er wollte wissen, warum ich das getan habe." „Was meinst du?", frage ich ahnungsvoll. „Warum ich damals die Krämersfrau vergewaltigt habe."

Sebastian hatte mir erzählt, dass die Frau ihn verführen wollte und aus Furcht vor ihrem Mann Sebastian die Schuld gegeben hatte. Eine Verkettung unglücklicher Umstände hatte dazu geführt, dass Sebastian im Kerker und später am Galgen gelandet ist.

Sein Vater selbst, der Henker in dem Ort war, hat ihm die Schlinge um den Hals gelegt.

„Vater kann die Schande nicht überwinden, die ich angeblich über die Familie gebracht habe. Er war sehr verbittert, will mich nicht mehr sehen und hat alle Leute von hier verjagt.

Vater meinte, die hätten hier nichts zu suchen. Er hat mir auch gesagt, ich solle endlich aufhören, auf meine Eltern zu warten. Sie wollen nichts mit so einem wie mir zu tun haben, er sei schließlich ein ehrenwerter Mann und ich ein Verbrecher. Dann ist Vater gegangen ohne sich noch einmal umzudrehen."

Schockiert setze ich mich ihm gegenüber auf den Stuhl. "Das tut mir so leid."

„Der Henker meint, er sei ein ehrenwerter Mann, das ist doch ein Witz oder? Bei dem stimmt doch etwas nicht," motzt er verbittert.

„Das Warten auf meine Eltern war mein Lebensinhalt." Verzweifelt blickt er auf seine Hände und versucht einen Hautfetzen vom Nagelbett abzureißen.

„Was soll ich jetzt nur machen?" Fragt er mich, ohne eine Antwort zu erwarten und starrt dabei aus dem Fenster. Die Sonne schickt die ersten Strahlen über das Land und eine Amsel sitzt laut trällernd auf der Linde nebenan.

Nun breitet sich auch in mir die Verzweiflung aus. Gibt es denn in dieser Welt gar keine Freuden? Wieder stellt sich mir die Frage, wie lange dauert für immer? Wie lange muss der arme Sebastian dort an seinem Schreibtisch sitzen und sich grämen?

„Wann ist eigentlich meine Beerdigung?" Frage ich beiläufig. So unnütz ist er doch gar nicht und ich bin sicherlich nicht die Einzige, die dankbar für seine Auskünfte ist.

„Ach Gabi," wieder klingt seine Stimme so unendlich traurig. „Deinen leblosen Körper gibt es nicht mehr. Der Mann mit der Vollmacht, ich glaube er hieß Thomas, hat alles darangesetzt, dass du so schnell wie möglich verbrannt wirst. Wir beide wissen warum. Nun kann niemand mehr nachweisen, dass du vergiftet wurdest."

Seltsamerweise ist es mir egal. Ich muss an Peter mit seinen wunderschönen blauen Augen denken. Ob er wohl noch auf mich wartet?

Deprimiert erhebt sich Sebastian und schlurft zum Aktenschrank. Erschreckend, wie schnell dieser gutaussehende, junge Mann gealtert ist.

Er zieht eine Karteikarte heraus.

„Vor zwei Erdentagen ist es geschehen. In dieser Welt vergeht die Zeit langsamer. Ist das nicht gemein!? Das bedeutet, ich muss noch viel länger als die Lebenden dieses elendige Dasein ertragen."

Tränen der Verzweiflung rinnen ihm ins Gesicht. Ich würde ihn so gerne in den Arm nehmen und trösten, aber ich kann nicht. Da ist eine Blockade. Das war schon immer so. Es tut mir so unendlich leid für Sebastian.

In mir steigt das Bedürfnis hoch einfach fortzulaufen. Zu gerne würde ich vor all den unangenehmen Dingen die Augen verschließen, aber Sebastian ist mein Freund, momentan der einzige in dieser Welt. Ich kann und will ihn nicht im Stich lassen.

„Wie kann ich dir helfen?" frage ich mitfühlend. Es muss doch eine Lösung geben. Der arme Kerl kann doch nicht einfach hier sitzen bleiben bis... für immer ...Sebastian zuckt nur traurig mit den Schultern. „Da kann man nichts machen, jeder hat sein Schicksal, das er ertragen muss."

Plötzlich kommt mir eine Idee und ich umarme Sebastian freudestrahlend. Verwirrt schaut er mich an.

„Ich habe eine Idee," verkünde ich glücklich. „Ich kenne jemanden, der vielleicht Rat weiß. Er heißt Erwin, ich werde ihm von dir erzählen. Ganz sicher weiß er was zu tun ist." Aufmunternd schau ich ihn an.

„Tu was du nicht lassen kannst." Das klingt jetzt nicht besonders optimistisch von ihm, aber ich bin guter Dinge. Ich werde Erwin im Bus treffen, wenn er von der Arbeit kommt. Erwin kennt sich in dieser körperlosen Welt aus. Er wird einen guten Rat geben können.

Frohen Mutes verabschiede ich mich wieder von Sebastian. „Wenn ich wiederkomme, weiß ich mehr und dann kann ich dir sagen, wie es weiter geht," rufe ich ihm zu. „Lass dich nicht unterkriegen Sebastian, denk immer daran, dass Gabi an dich denkt und wieder zurückkommt."

Und schon stehe ich wieder alleine draußen auf der Straße.

Habe ich das jetzt wirklich getan? Habe ich Sebastian wirklich umarmt? Das konnte ich doch noch nie. Aber es macht mich fröhlich. Ich hatte das Gefühl, es hat ihm gutgetan. Ich stelle mir vor, wie ich Sebastian helfe, seinem Dasein wieder einen Sinn zu geben und es macht mich glücklich.

Es ist zwar schade, dass ich meine eigene Beerdigung verpasst habe, aber merkwürdigerweise ist es mir egal. Meine Freundin Hilde ist in weite Ferne gerückt. Ich muss jetzt erst einmal Sebastian helfen. Sollte das der Sinn des Daseins sein, dass man anderen Menschen hilft?

Mir fällt ein, dass Erwin immer im Bus um 15:43 Uhr sitzt. Ich habe also Zeit bis dahin und frage mich, wie ich mir solange die Zeit vertreiben kann.

Mein Grab. Wenn ich schon nicht zur Beerdigung war, möchte ich mir wenigstens das Grab ansehen. Ob Hilde wohl um mich geweint hat? Ganz sicher.

Dass sie Händchenhaltend mit einer anderen Frau in unserem Lieblingslokal saß, war sicherlich nur ein Missverständnis.

Entspannt schlendere ich durch die Innenstadt von Langen. Der Dönerladen ist noch geschlossen. In der Nähe befindet sich eine Schule und bald werden die Schüler an der Theke Schlange stehen.

Oft bin ich hier vorbeigeschlendert, vorbei an den albernen Mädchen, die kichernd in der Warteschlange standen. Die Jungs haben sich dann meist die Wartezeit mit ihren Handys vertrieben, während die beiden Dönerverkäufer mit schnellen Handgriffen ihre Kundschaft zufrieden stellten.

Es ist Frühling und die Bäume stehen in voller Blüte. Ich liebe diese Jahreszeit, alles grünt und blüht wie ein großes Kunstwerk.

Menschen eilen achtlos an mir vorüber. Eine junge Mutter versucht ihren kleinen Sohn, der wohl gerade erst Laufen gelernt hat, zum Weitergehen zu bewegen. Amüsiert bleibe ich stehen, um dieses Schauspiel zu beobachten. Der kleine Kerl steigt vor der Apotheke laut lachend immer wieder die Stufen hinauf und wieder herunter. Das scheint ihm großes Vergnügen zu bereiten.

Was für ein bescheidenes Kind, das über ein paar Stufen glücklich ist. Daran könnten sich viele Menschen ein Beispiel nehmen. Seine Mutter ist geduldig und gibt ihm etwas Zeit, bis sie mit dem jungen Mann auf dem Arm weitergeht.

Der Friedhof ist ein angenehm entspannender Ort. Ich liebe Friedhöfe, einige Grabsteine erzählen Geschichten.

Momentan hört man überall die Vögel fröhlich zwitschern. Zwei braune Eichhörnchen hüpfen lustig zwischen den Bäumen herum. Die haben sicherlich keine Rückenschmerzen, so gelenkig wie sie sich bewegen.

Ein alter Herr steht mit der Gießkanne in der Hand vor einem Grab. Er scheint sich dort mit seiner verstorbenen Frau zu unterhalten. Ihre durchscheinende Gestalt steht direkt neben ihm, sie spricht zu ihm und versucht ihn zu trösten. Immer wieder tätschelt sie seine Wangen, aber er kann sie weder hören, noch sehen.

Es muss schrecklich sein für die arme Frau. Sie sieht, wie der Mann an ihrem

Ableben leidet und kann gerade nichts für ihn tun. Wenn er wüsste, dass es ihr gut geht und sie direkt neben ihm steht, würde es ihm viel besser gehen.

Ich bin auf der Suche nach meiner sogenannten „letzte Ruhestätte", wie man so schön sagt.

Am Mahnmal für gefallene Soldaten tummeln sich lautstark einige heruntergekommene Männer herum. Die Herren erscheinen mir ziemlich aggressiv, sie diskutieren lautstark. Jeder fühlt sich im Recht und dann gehen zwei von ihnen auch noch mit Fäusten aufeinander los.

Die anderen Herren wollen ihrem jeweiligen Kameraden beistehen und es entsteht eine Massenschlägerei.

Ein etwa 15-jähriger Junge sitzt weinend auf einem Stein und hält sich die Ohren zu. Seine Uniform ist schmutzig und ein

Ärmel ist zerrissen. In seiner Hüfte klafft ein Loch, so groß wie ein Fußball.

Das sind wohl die Seelen einiger Gefallenen, die keine Ruhe finden. Mir sind sie unheimlich und ich wähle in gebührendem Abstand einen anderen Weg.

Nach einiger Zeit entdecke ich das Holzkreuz mit meinem Namen.

Einige Kränze und Blumen schmücken das Urnengrab. Natürlich ist auch ein Kranz von Hilde und Thomas dabei, ich habe es nicht anders erwartet. Langsam schlendert der graue Mann zu mir heran, immer noch tadellos gekleidet in seinem gutsitzenden Anzug und dem grauen Mantel darüber. Die dunkle Brille hat er inzwischen ordnungsgemäß auf der Nase zurechtgerückt.

Schweigend stellt er sich neben mich, die Hände vor dem Bauch verschränkt.

Die wärmenden, frühlingshaften Sonnenstrahlen und das fröhliche Vogelgezwitscher wirken beruhigend. Der Straßenlärm klingt von weiter Ferne wie Meeresrauschen. Alles ist so wunderbar idyllisch und friedlich.

Wir stehen gemeinsam vor dem Holzkreuz, um es andachtsvoll zu betrachten. Zwei trauernde Menschen vor dem Grab einer Freundin.

Nun finde ich es doch sehr schade, dass ich nicht bei der Beerdigung war.

Plötzlich läuft ein Film vor meinem inneren Auge ab. Die Kirche ist ziemlich voll mit Trauergästen, ganz vorne natürlich Hilde und Thomas. Hilde drückt theatralisch einige Tränen heraus, ihre Trauer wirkt gespielt.

Franz und Sabine sitzen auf der anderen Seite in der zweiten Reihe. Sie ahnen, was in jener Nacht wirklich geschah.

Franz ist enttäuscht von mir, weil ich nicht ehrlich war. Wir hatten ein gutes Verhältnis. Trotz der wöchentlichen Telefonate habe ich ihm nichts von der Änderung des Testaments und der Vollmachten erzählt.

Von dem Versicherungsbetrug und den anderen betrügerischen Sachen wusste er natürlich auch nichts.

Wieder einmal muss ich beschämt erkennen, dass ich durch mein Verhalten nicht nur mir selbst geschadet habe.

Hilde und Thomas können den beiden nicht in die Augen schauen. Sollten sie doch ein schlechtes Gewissen haben? Es herrscht eine eiskalte Stimmung in der Kirche.

Freunde und ehemalige Arbeitskollegen sind auch gekommen. Der Pfarrer spricht einige oberflächliche Worte, das hätte ich mir doch etwas anders gewünscht, aber nun ist es zu spät.

Man sollte die Rede für die eigene Trauerfeier schon vor dem Tod schreiben, dann kann da nicht mehr viel schief gehen.

Zum Schluss erklingt von einem CD-Player mein Lieblingslied „Hallelujah". Das ist sehr berührend. Ich hatte Hilde gegenüber kürzlich erwähnt, dass ich mir dieses Lied für meine Beerdigung wünsche. Dass diese Situation so schnell eintritt, habe ich zu dem Zeitpunkt nicht geahnt.

Dann begibt sich die Trauergemeinde hinaus auf den Friedhof. Die Trauergäste verteilen sich in unterschiedliche

Richtungen und der Film vor meinen Augen verblasst.

Mein grauer Nachbar erscheint mir unheimlich vertraut und ich habe das Gefühl, ihn schon lange zu kennen, kann mich aber einfach nicht erinnern woher und in welchem Zusammenhang wir uns schon einmal begegnet sind.

Verstohlen schau ich ihn von der Seite an. Er wirkt so freundlich und gutmütig, dass ich vollstes Vertrauen zu ihm habe.

Ich kann doch nicht einfach sagen, dass ich vergessen habe woher wir uns kennen, das ist doch peinlich.

Ein verstecktes Lächeln umspielt seine Mundwinkel, während er weiterhin mein Grab betrachtet. Er scheint sich über mich zu amüsieren.

Die Situation wird mir nun doch etwas unangenehm, also nicke ihm einmal kurz, mit einem unbeholfenen Lächeln, zu und mache mich dann auf den Weg zum Ausgang.

Plötzlich laufen zwei der Soldaten in ihren schäbigen khakifarbenen Uniformen an mir vorbei, gefolgt von vier anderen Streitkräften, deren Uniformen wohl einmal sandfarben waren.

Johlend halten sie ihre Schwerter in die Höhe, während sie den flüchtenden Gegnern hinterher rennen.

Wie unfair, vier gegen zwei und dann auch noch bewaffnet. Aber die beiden Flüchtenden scheinen den Angreifern zu entkommen. ′Wie eine Horde Kinder, beim Räuber- und Gendarm-Spielen,′ schießt es mir durch den Kopf.

Ich weiß, dass der graue Mann wie ein Schatten in der Nähe ist, aber das stört mich nicht. Anscheinend hat er lange

Weile. Bei der nächsten Gelegenheit werde ich ihn fragen, warum er mich verfolgt, aber nun wird es Zeit für Erwin.

Ich muss nicht lange an der Haltestelle warten, bis der große rote „Schlenkerbus" wie ein riesiger Eisenwurm um die Ecke gefahren kommt.

Unbemerkt steige ich durch die hintere Tür. Es sitzen nur wenige Leute im Bus. Vorne, in der zweiten Reihe rechts sitzt er, Erwin der Penner. Nun freue ich mich ihn wiederzusehen, das erste Wesen das ich in dieser Welt kennengelernt habe.

Als wäre er nicht richtig festgewachsen, wippt sein Kopf mit der Bewegung des Fahrzeugs lustig hin und her. ´Wie einer dieser „Wackeldackel", die wir früher in den Autos sitzen hatten,´ denke ich belustigt.

Majestätisch schaut er abwechselnd mal aus dem rechten, dann wieder aus dem linken Fenster.

Wenn ich ihn genauer betrachte stelle ich fest, dass er doch gar nicht schmuddelig ist. Mir scheint, Erwin ist gar kein Penner, wie ich fälschlicherweise dachte.

Seine rote Schirmmütze und die restliche Kleidung sind alt und verwaschen, aber sauber. Letztes Mal kam er mir so schmutzig vor. Vielleicht hat er inzwischen auch jemanden, der ihm die Wäsche wäscht.

Langsam begebe ich mich nach vorne. Ich würde mich gerne neben ihm niederlassen, aber er sitzt auf dem äußeren Platz.

Auf dem Fensterplatz tummeln sich sein roter Rucksack und zwei Einkaufstüten.

Also setze ich mich auf die Sitzbank hinter ihm.

„Hallo Erwin" flüstere ich ihm verschwörerisch von hinten ins Ohr. Kaum merklich wendet sich sein Kopf in meine Richtung.

Will er mich nicht anschauen oder kann er seinen Kopf nicht weiterdrehen?

„Hallo Gabi, klack klack", kommt es verhalten zurück. Er hat also immer noch diese Klackgeräusche. Ein vertrautes Gefühl überkommt mich. „Ich brauche deinen Rat, Erwin. Es geht um einen Freund."

„Aha, klack klack." So wortkarg kenne ich ihn gar nicht. Bei unserem letzten Treffen hatte er mir ein Gespräch aufgedrängelt, obwohl ich nicht mit ihm reden wollte.

Der Bus hält, Endstation. Das ging aber schnell. Die Baustelle vom letzten Mal ist wohl inzwischen fertig.

Wir steigen aus. „Woher kommst du eigentlich immer, wenn du hier im Bus sitzt?" versuche ich ein Gespräch aufzubauen. „Ich komme von der Arbeit, klack klack, das sieht man doch, klack klack", antwortet er abweisend, ohne mich anzuschauen.

„Wo arbeitest du denn?" frage ich interessiert. „In der Gärtnerei, klack klack, ich bin dort schon seit vielen Jahren Aushilfe klack klack. Mädchen für alles, sozusagen klack klack. Manche sagen auch, die gute Seele der Firma klack klack."

Jetzt ist er aufgetaut, wie mir scheint. Und schon kommt seine Bahn, in die wir gemeinsam steigen.

„Du hattest wohl einen anstrengenden Tag?" frage ich besorgt. „Das kann man wohl sagen klack klack", antwortet er nachdenklich. „Es gibt doch immer wieder Störenfriede klack klack und bei dir? Klack klack.

Hast du dich inzwischen an deinen Zustand gewöhnt? Klack klack," fragt er mich interessiert.

Darüber habe ich noch gar nicht nachgedacht, aber ich nicke zustimmend.

„Was willst du denn wissen? Klack klack," fragt er mich jetzt einlenkend.

Ich erzähle ihm Sebastians Geschichte und will wissen, wie ich ihm helfen kann.

„Gutes tun klack" antwortet Erwin „wenn man Gutes tut klack klack, wird man irgendwann erlöst klack klack, das gilt für Lebende und Verstorbene gleichermaßen klack klack".

Geschickt erhebt er sich von seinem Platz und stellt sich an die Tür. „Ich muss aussteigen klack klack. Leb wohl, Gabi, ich werde bald woanders sein klack klack"

Das klingt, als würde er bald sterben, dabei ist er doch schon gestorben. „Wohin gehst du denn?" frage ich besorgt.

„An einen Ort, wo es viel schöner und ganz hell ist klack klack" antwortet er, „irgendwann sehen wir uns dort wieder klack klack." Und schon ist er verschwunden.

Mir ist gar nicht aufgefallen, dass die Bahn schon gehalten hat.

Eine junge Frau mit Kinderwagen versucht mühsam, das Gefährt hinein zu schieben. Warum hilft ihr denn niemand? Die Bahnsteigkante ist etwas niedriger als der Einstieg. Mein „grauer

Schatten" versucht vergeblich, der Dame behilflich zu sein und den Wagen anzuheben. Seine Hände können es nicht fassen und er greift durch das Gefährt hindurch.

Dann hat die Frau eine erleuchtende Idee und wendet den Kinderwagen, während die anderen Fahrgäste neugierig dem Treiben zusehen. Nun bekommt sie den Wagen auch ohne fremde Hilfe in die Bahn. Traurig, dass es so wenig hilfsbereite Leute gibt.

Eilig drängele ich mich an der jungen Mutter vorbei und springe aus der Bahn, bevor sie anfährt.

Ich muss wieder zurück, Sebastian die Botschaft überbringen. Ich habe einmal den Spruch gelesen „Tu Gutes, so wird dir Gutes getan." Da könnte was dran sein.

Nun sitze ich in der Bahn, die mich zurück nach Langen bringt. Wenn ich Sebastian die Botschaft mitgeteilt habe, werde ich zurück ins Kaufhaus gehen. Wie er das das neu erworbene Wissen dann umsetzt, ist seine Angelegenheit.

Hoffentlich wartet Peter dort noch auf mich. Bei dem Gedanken an ihn wird mir ganz warm uns Herz.

Und wenn er nicht mehr da ist? Wenn ich ihn nie mehr wiedersehe? Daran will ich jetzt nicht denken. Ganz sicher wird er dort sein.

Der Herr im grauen Anzug sitzt mir gegenüber und wir schauen uns direkt an. Dieses Mal werde ich meinen Blick nicht als Erste abwenden, denke ich trotzig.

Er hat grün-braune Augen, genau wie ich und im rechten Auge hat er neben der Pupille einen dunklen Fleck, wie ich.

Sollte es ein Bruder von mir sein, von dem ich nichts weiß? Auch sein Gesicht hat Ähnlichkeit mit meinem.

„Nächster Halt Langen", tönt es aus dem Lautsprecher. Ich muss aussteigen und eile zur Tür.

Zuversichtlich mache ich mich dann auf den Weg zum Bestattungshaus. Der Tag neigt sich langsam dem Ende zu. Die Leute haben Feierabend und die Straße ist voll von stinkenden Autos, die sich ihren Weg entlang der gestrichelten weißen Mittellinie bahnen.

Ich stelle mir einen Außerirdischen vor, der das erste Mal die Erde besucht. Der wundert sich dann sicherlich über das geordnete Chaos auf den Straßen.

Warum halten die Autos alle gleichzeitig an und fahren auch gleichzeitig wieder los?

Nach einiger Beobachtungszeit wird er erkennen, dass die Fahrzeuge auf die Ampelsignale reagieren. Aber was ist mit den Kreuzungen ohne Ampel? Dann wird er vermuten, dass die Menschen alle instinktiv das Gleiche tun.

Er kann ja nicht ahnen, dass all die Menschen, die so ein vierrädriges Gefährt vorwärtsbewegen, tagelang die Schulbank gedrückt haben und all diese Regeln mühselig lernen mussten.

Das erinnert mich an die Frösche im Garten. Die beginnen immer alle gleichzeitig mit einem Konzert und hören auch plötzlich alle zeitgleich wieder auf.

Haben die einen Dirigenten, auf dessen Zeichen sie reagieren? Oder gibt es eine Froschschule, in der sie lernen, dass man nach Takt soundso aufhört und nach einer bestimmten Anzahl von Atemzügen wieder los quakt?

Ein schwarz gekleidetes junges Paar verlässt bedrückt das Büro des Bestatters. Die Frau hat glattes, schulterlanges, braunes Haar und trägt einen eleganten schwarzen Wollmantel mit Kapuze und großen, aufgesetzten Taschen.

Ihre dünnen Beine, mit einer schwarzen Netzstrumpfhose bekleidet, stecken in dunklen Lederstiefeletten.

Auch der Mann ist schwarz gekleidet, nur die gepflegten Schnürschuhe sind braun. Sein Haar ist schon ergraut. Die Bartstoppeln lassen ihn ungepflegt wirken. Beide sehen müde und verweint aus.

Die Dame hält traurig eine dunkle Mappe in der Hand. Unbemerkt schlüpfe ich an ihnen vorbei durch die halb geöffnete Tür.

Der alternde Bestatter sitzt mit der Brille auf der Nase vor seinen Papieren und schreibt konzentriert. Zwischendurch tippt er etwas in seinen Taschenrechner, um dann das Ergebnis in seine Liste einzutragen.

Sebastian hat sich einen Stuhl herangezogen und schaut dem Bestatter interessiert zu.

Plötzlich kommt die kleine Luna hereingehüpft, ihre schwarzen Zöpfe schaukeln lustig bei jeder Bewegung.

Ungläubig betrachte ich diese ungewöhnliche Szene. Der Bestatter ist ein Lebender. Der meint, er sei in seinem Büro allein. Er kann uns nicht sehen.

Sebastian wirkt auf mich zufrieden, ganz anders als zu dem Zeitpunkt, als ich ihn verlassen habe. Aber warum ist Luna wieder hier? Ich hatte sie doch wunschgemäß zurück zu ihren Eltern gebracht.

Verwundert lasse ich mich auf dem wunderschönen grünen Sofa nieder und schlage die Beine übereinander, den Blick nicht von dieser ungewöhnlichen Szene lassend.

Nun entdeckt Luna mich und kommt mit einem erfreuten Jauchzer auf mich zu.

Bevor ich reagieren kann, sitzt sie auf meinem Schoß und umarmt mich stürmisch. Verlegen lasse ich sie einen Augenblick gewähren, bevor ich mich vorsichtig von ihren Ärmchen löse.

„Warum bist du denn nicht bei deinen Eltern?" erkundige ich mich verwundert. Luna klettert von meinem Schoß und setzt sich traurig neben mich.

Fragend schau ich zu Sebastian rüber, der uns gespannt beobachtet, während der Bestatter emsig weiter in seinen Büchern schreibt.

„Meine Eltern haben mich überhaupt nicht beachtet", beklagt sich Luna enttäuscht. „Sie haben sich so benommen, als wäre ich nicht da. Mama und Papa haben viel gestritten, das war sehr nervig. Abends lag Mama alleine in ihrem Bett, mit meiner Puppe im Arm und hat geweint. Ich hab mich zu ihr gelegt und wollte sie trösten, aber sie hat mich einfach nicht beachtet."

„Und dein Papa?" frage ich bestürzt „Hat er sie nicht getröstet?" Sie schüttelt energisch den Kopf, die Zöpfe fliegen vor ihrem Gesicht hin und her.

Den Blick auf Ihre roten Lackschuhe geheftet erzählt sie weiter. Inzwischen hat sich auch Sebastian zu uns gesetzt und legt tröstend seinen Arm um ihre Schultern.

„Sie haben sich immer nur gestritten. Papa war nur noch selten da und wenn er einmal zu Hause war, hat er am Computer gesessen, bis er sich irgendwann in der Nacht erschöpft auf dem Sofa nebenan schlafen gelegt hat. Meist hat er es nicht einmal geschafft, sich auszuziehen.

Die Wohnung sah gar nicht mehr gemütlich aus. Überall lag etwas herum und es war schmutzig. Nur mein Zimmer war noch so wie immer.

Mama ist nur noch in Jogginghose herumgelaufen und ihre Haare hingen ungewaschen und unfrisiert an ihrem Kopf herunter. Dabei war es ihr doch immer so wichtig, schön auszusehen.

Ich habe es nicht ausgehalten, es war so schlimm zu sehen, was aus meinen Eltern geworden ist.

Tränen steigen ihr in die Augen und Sebastian drückt sie fester an sich. Nachdenklich blickt der Bestatter zur Decke, bevor das Telefon ihn plötzlich mit einem schrillen Klingeln aus seinen Gedanken reißt.

„Es ist wegen mir," flüstert Luna leise, „sie streiten sich wegen mir, und jeder gibt dem anderen die Schuld an dem Unglück. Dabei können sie gar nichts dafür, sie waren doch gar nicht zu Hause, als es passierte. Mama war einkaufen und Papa hat wieder einmal länger gearbeitet.

Ich habe im Garten gespielt. Ich bin doch schon neun Jahre und kann alleine auf mich aufpassen. Ich habe meinen neuen

Roller getestet, den ich zwei Tage zuvor zum Geburtstag bekommen hatte.

Im Garten war es mir zum Rollerfahren zu eng, also bin ich zum Tor hinaus. Ich wollte Mama im Supermarkt überraschen.

Es hat Spaß gemacht, über den Gehweg zu rollen, das ging so schön bergab.

Dann kam mir ein alter Mann mit seiner Gehhilfe entgegen und ich musste ausweichen. Dabei bin ich auf die Straße gefallen. Mehr weiß ich nicht."

Bestürzt sitzen wir drei auf dem grünen Samtsofa und starren ratlos den Bestatter an. Der hat inzwischen sein Telefonat beendet, macht sich noch einige Notizen und räumt dann den Schreibtisch auf, bevor er sich erhebt.

Er sieht müde aus und scheint körperliche Beschwerden zu haben.

Sein Rücken ist gebeugt, vielleicht von der Last, die er trägt? Es ist sicher anstrengend, immer nett zu sein und tröstende Worte zu spenden, egal wie es ihm selber geht. Und dann auch noch diese ganzen Formalitäten, für mich wäre das nichts.

Mein Blick richtet sich wieder auf Sebastian und Luna.

Irgendwie passt es doch gut, sie haben beide niemanden mehr auf der Welt und geben einander Kraft. Durch Luna hat Sebastian wieder eine Aufgabe, er kümmert sich wie ein großer Bruder um sie und gibt Luna Halt und Geborgenheit, das braucht sie jetzt. Durch Sebastians Führsorge kommt sie besser über den Verlust ihrer Eltern hinweg.

Der Bestatter begibt sich erschöpft in den Nebenraum, dort stehen die Särge.

Vermutlich prüft er, ob alles in Ordnung ist.

Der alternde Herr schaut sich jede der drei Kisten genau an und streicht liebevoll über das Holz. Eine weiße Gestalt schwebt durch den Raum und plötzlich weiß ich, dass es seine verstorbene Frau ist.

Vor meinem inneren Auge sehe die Frau in solch einem Sarg liegen. Sie ist mit einem eleganten hellblauen Kostüm bekleidet und hält einen kleinen Strauß weißer Rosen in der Hand. Ihr Gesicht strahlt erhabene Ruhe und Frieden aus. Sie ist an einer schweren Krankheit gestorben. Es muss nicht leicht für ihn gewesen sein, seine eigene Frau zu beerdigen.

Er nimmt entschlossen seine Jacke und die schwebende weiße Lichtgestalt verlasst mit ihm gemeinsam das Büro. Wie es aussieht, wacht sie über ihn. Schade nur, dass er davon nichts bemerkt.

Das Wissen um ihre Gegenwart würde sein Leid vielleicht etwas lindern. Leise dreht sich der Schlüssel im Schloss und wir sind alleine.

Peter drängt sich wieder in mein Gedächtnis. Er wartet auf mich, ich spüre es in jeder Faser meines Herzens und ich fühle mich mit ihm verbunden, wie noch nie mit einem Menschen.

Bevor ich gehe, berichte ich Sebastian, von Erwins Botschaft. Luna ist inzwischen in seinem Arm eingeschlafen.

„Hast mal ne Zigarette?" tönt eine krächzende Stimme vom anderen Ende des

Büros. Sebastian und ich schauen uns belustigt an und müssen laut lachen.

Erleichtert stelle ich fest, dass nun auch die letzte Spur der Trauer von ihm abgefallen ist.

Dieser alten, buckligen Frau mit der grauen Kittelschürze bin ich hier doch schon einmal begegnet. Es ist die verstorbene Mutter des Bestatters. Sie und ihr Mann haben dem Sohn einst das Geschäft vermacht und die alte Dame kann sich scheinbar immer noch nicht von ihrem Bestattungshaus trennen.

Ich stelle fest, dass Sebastian auch ohne meine Hilfe seinen Weg gefunden hat. Er legt die kleine Luna vorsichtig auf das Sofa und wir verabschieden uns mit einer herzlichen Umarmung.

Fröhlich winke ich der alten Dame zu, die mir mit einem lustigen Augenzwinkern antwortet.

Dann bin ich wieder auf dem Weg zum Kaufhaus. Ich bin mir ganz sicher, dass Peter auf mich wartet.

Neben mir geht schweigsam der graue Herr. „Warum verfolgen Sie mich?" frage ich mutig, „wer sind Sie?"

„Ich dachte schon, du fragst nie," antwortet er mir erleichtert. Dann gehen wir schweigend nebeneinander weiter. Meine Gedanken sind immer noch bei Sebastian und Luna, ich mag jetzt eigentlich gar nicht sprechen.

Nach einer langen, wortlosen Pause beginnt er zu reden: „Ich bin du, " verkündet mir mein Begleiter selbstsicher.

Was soll denn das nun wieder? So ein Schwachsinn. Wie kann ER denn ICH sein. Ich bin doch selber ich.

Plötzlich drängelt sich einer, der mit dem Schwert bewaffneten Soldaten, an uns vorbei. Nun verfolgt er einen Zivilisten, schreit laut „Haltet den Dieb!" und schon ist er wieder verschwunden.

Auch mein Begleiter ist plötzlich nicht mehr zu sehen und ich bekomme wieder keine zufriedenstellende Antwort auf meine Frage.

Es ist schon dunkel, als ich im Kaufhaus ankomme, aber es ist noch bis 22:00 Uhr geöffnet. Mir tun die armen Verkäuferinnen leid, die bis spät abends hier arbeiten müssen

Ein kleiner Junge mit entzückenden blonden Löckchen sitzt weinend in sei-ner Sportkarre. Der kleine Kerl gehört doch ins Bett, der Sandmann hat schon lange Feierabend.

Seine Mutter, eine junge Frau mit hüftlangen, dunklen Rastazöpfen und einem Ring in der Nase ist in eine heftige Diskussion mit einem jungen Mann verwickelt, der in seiner ausgewaschenen Jeans und den ungekämmten Haaren einen etwas ungepflegten Eindruck macht.

Anscheinend möchte sie etwas erwerben, dem er nicht zustimmt. So ist das, wenn man zu zweit ist. Der Eine möchte dies und der Andere etwas anders. Da habe ich es besser. Ich kaufe das, was mir gefällt und niemand redet mir da rein.

Der Kleine ist inzwischen in seinem Gefährt eingeschlafen und die junge Familie verlässt ohne Einkauf das Geschäft.

Es ist noch ganz schön voll, viele Leute schlendern hier zum Feierabend noch einmal hindurch, ohne etwas zu erwerben. „Nur mal gucken." Diesen Satz hören die Verkäuferinnen öfter, wenn sie ihre Hilfe anbieten.

Ich habe Angst vor einer Enttäuschung und schlendere auch durch die Räumlichkeiten. Irgendwie gefällt mir hier nichts.

Die Sofas sehen alle so ungemütlich aus, die meisten haben anstatt einer Lehne nur Kissen am Rücken.

So lässt es sich nicht besonders gut sitzen. Aber wahrscheinlich sind die Teile auch eher zum Liegen gedacht.

Ich entdecke dann doch ein elefantengraues Ledersofa, das mit gefällt. Es hat eine bequeme hohe Rückenlehne und

wenn man es auseinander klappt, können darauf bequem zwei Personen liegen.

„Kann ich ihnen helfen?" fragt mich eine
blonde Verkäuferin mit Pferdeschwanz.
Sie trägt eine weiße Bluse, darüber eine
dunkelblaue Weste und einen enganlie-
genden Rock in derselben Farbe. Ein
buntes Tuch ziert ihren Hals. ′Wie eine
Stewardess′ denke ich bei mir.

Ich schüttle den Kopf. „Nein danke, ich
schau mich nur um." Verständnisvoll
geht die Verkäuferin weiter und eine ältere Dame fragt sie um Rat.

Was die alte Dame von ihr möchte kann
ich nicht hören, sie stehen etwas weiter
weg von mir.

In diesem Augenblick wird mir bewusst,
dass die Verkäuferin mich sehen kann.
Sie ist also auf der gleichen Ebene wie

ich, auf irgendeine Weise ums Leben gekommen, wie ich.

Ich kann immer noch nicht den Unterschied zwischen den Lebenden und den Toten erkennen.

Erwin hatte mir damals erklärt, dass ich so tun muss, als würde ich durch den Menschen hindurchsehen. Die Lebenden haben eine Aura.

Ich verenge meine Augen zu Schlitzen und versuche, durch die Verkäuferin hindurch zu schauen. Die steht gerade mit der alten Dame an ihrem Computer und erklärt ihr dort etwas.

Ich sehe nichts. Zumindest nichts Ungewöhnliches. Aber es müssen Verstorbene sein, sonst hätte sie mich doch nicht angesprochen.

Ein Ehepaar schlendert vorbei, sie tragen beide die gleichen roten Outdoorjacken. Ich versuche es bei dem Mann. Er hat sich auf einen grauen Ohrensessel gesetzt und wartet auf seine Frau, die interessiert an den anderen Möbeln vorbeischlendert.

Nach einigen Minuten angestrengtem „Hindurchsehen" entdecke ich doch tatsächlich einen feinen, löchrigen, blauen Nebel um ihn herum. In seiner Herzgegend kann ich ein leichtes Grau erkennen.

Das klappt doch schon ganz gut. So sieht also ein lebender Mensch aus. Ich versuche es bei seiner Frau, die ihn nun von seinem bequemen Sessel abholt.

Ihre Aura ist in einem Orangeton. An einigen Stellen geht es in ein zartes Lila über. An der Hüfte tendiert das Lila in ein leichtes Grau. Vermutlich haben sie an den grauen Stellen gesundheitliche Probleme.

Ich schau mich nach dem grauen Mann um. Er hat meine Frage noch nicht beantwortet.

„Ich bin du, aus einem früheren Leben" erklingt seine Stimme nun neben mir. War er schon die ganze Zeit unbemerkt in meiner Nähe oder hat er sich jetzt erst hinzugesellt? Verständnislos blicke ich ihn an. Aus einem früheren Leben? Was redet denn der für einen Schwachsinn? Der gehört doch in die Psychiatrie!

„Manche Menschen werden mehrmals geboren, wir gehören zu denen. Du, beziehungsweise ich, war im früheren Leben Geschäftsführer einer Fabrik.

Wir haben Töpfe und Pfannen herge-
stellt. Dann kam der Krieg und wir mussten Waffen produzieren.

Meine Familie und ich haben versucht,
eine jüdische Familie zu retten. Wir hatten in unserem Haus einen geheimen
Gewölbekeller, den die Nazis nicht entdeckt haben.

Wie ich erfahren habe, ist es uns gelun-
gen und die Familie ist ungeschoren da-
vongekommen.

Meine Vorfahren waren allerdings auch
jüdischer Herkunft. Keine Ahnung, wie
sie das herausbekommen haben, aber
irgendwann standen SS-Soldaten vor
der Tür, um mich abzuholen.

Anfangs dachten wir, sie suchen nach
der versteckten Familie. Aber nein, ich
war der Grund, weshalb sie noch spät
abends an die Tür klopften.

Meine Frau war sogenannte „reinrassige" Deutsche. Ich habe nach meiner Verhaftung nie wieder etwas von ihr gehört. Ihr Weg war wohl ein anderer, als meiner.

Unsere Tochter war zu dem Zeitpunkt bei einer Tante in der Schweiz. Wir wollten sie von den Unruhen fernhalten und sie auch nicht in die verbotene Rettung der jüdischen Familie mit hineinziehen.

Lore war damals erst acht Jahre und hatte das Glück, eine amerikanische Pflegefamilie zu finden.

Das Ehepaar war sehr kinderlieb, konnte aber selbst keine Kinder bekommen. Deshalb sind sie damals in die Schweiz gefahren. Sie wussten, dass sich dort viele flüchtige Kinder aufhielten, die ein neues zuhause suchten.

Ich habe Lotte nach meinem Tod hin und wieder bei der Pflegefamilie besucht. Manchmal wir uns im Traum miteinander unterhalten. Sie hatte es dort sehr gut und ist Rechtsanwältin geworden"

Inzwischen haben wir uns auf dem bequemen elefantengrauen Sofa niedergelassen. Was für eine Geschichte, und das soll meine Vergangenheit sein? Ich kann mich nicht ansatzweise an so etwas erinnern.

„Wir wurden anfangs in ein Ghetto gesperrt," setzt er seine Erzählung fort. „Später kamen wir in ein Konzentrationslager. Was dort geschah, kannst du dir denken.

Einige der Frauen hatten es einfacher, sie haben den Soldaten schöne Augen gemacht und bekamen dann von ihnen hin und wieder ein paar Leckerbissen, während wir Männer allmählich verhungerten.

Damals habe ich mir geschworen, im nächsten Leben eine Frau zu werden. Wie du siehst, gehen Wünsche manchmal in Erfüllung."

Nachdenklich betrachtet er seine perfekt polierten Schuhe. „Aber das ist lange her, Gabi," antwortet er melancholisch.

Warum erzählt er mir das?

„Entschuldige, ich wollte dich nicht noch mehr verwirren. Eigentlich ist es nicht üblich, dass man seinem früheren Ich begegnet. Da liegt wohl ein Fehler im System."

Darüber müssen wir beide so herzlich lachen, dass uns die Tränen aus den Augen rinnen. Ein Fehler im System oder im göttlichen Plan...haha. Einige Leute schauen uns verständnislos an, aber das ist uns egal.

Es tut so gut mit jemanden zu reden, der den gleichen Humor hat.

„Es gibt Menschen," setzt er seine Erzählung fort, nachdem wir uns wieder beruhigt haben, „die können sich an ihre früheren Leben erinnern. Aber das sind wenige Ausnahmen. Warum wir beide uns sehen und miteinander reden können weiß ich nicht. Vielleicht hängt das mit unserem Karma zusammen.

Inzwischen weiß ich, dass die Qual im Konzentrationslager, die ich erleiden musste, mit den unschönen Taten meines vorherigen Lebens zusammenhing.

Ich habe es durch die Rettung der jüdischen Familie wieder bereinigt, vermute ich jedenfalls. Daher war ich nicht lange im KZ und bin schon nach zwei Wochen an einer Lungenentzündung gestorben. Der Tod war die Erlösung.

Allerdings ist das noch nicht alles, was ich an Karma aufzuarbeiten habe und wie ich sehe, hast du die Anzahl der Schuld, wenn ich das mal so nennen darf, wieder drastisch erhöht."

Nun macht er mir auch noch ein schlechtes Gewissen, das habe ich sowieso schon.

Was mache ich hier eigentlich mit diesem seltsamen Kerl, der mir irgendwelche Märchen erzählt? Ich wollte doch schon längst wieder bei Peter sein, der sicherlich auf eine Erklärung für mein plötzliches Verschwinden wartet.

„Ich kann dir nur raten," erzählt er weiter „alles wieder zu bereinigen. Mir scheint, das ist im körperlosen Dasein schwieriger, als in der materiellen Welt, das solltest du im nächsten Leben bedenken."

Ujujui, schwere Kost. Da schwirrt mir doch der Kopf und ich sehne mich nach Ruhe.

„Falls du deine schlechten Taten nicht wiedergutmachst, kann es passieren, dass du im nächsten Leben vielleicht behindert oder mit sonst einem schlimmen Makel auf die Welt kommst, als Buße für deine Sünden sozusagen. Wer will das schon, wenn man es doch verhindern kann. Besser, man ist ein sogenannter „Gutmensch" und begeht keine schlechten Taten."

Das Licht erlischt im Kaufhaus, es ist wohl 22:00 Uhr, Feierabend. Nun erhellt nur noch die Notbeleuchtung die Räumlichkeiten. Trotzdem tummeln sich neben den Verkäuferinnen, die beim Aufräumen sind, noch einige Kunden hier herum. Das sind vermutlich keine Lebenden.

Ein Reinigungsteam erscheint. Wie Heinzelmännchen wirbeln sie mit ihren Geräten durch die Gegend, bis alles wieder blitz blank sauber ist.

„Du musst dir das so vorstellen," setzt er seine Erzählung fort. ´Oh Mann, ich will das gar nicht wissen, ich will meine Ruhe haben`, denke ich.

„Du hast 100 € auf dem Konto. Das ist dein Guthaben, mit dem du machen kannst was du willst. Nehmen wir einmal an, eine Lüge kostet 50 €, dann macht es nichts aus. Auch die zweite Lüge schadet dir nichts.

Bei der dritten Lüge hast du aber schon Schulden auf deinem Konto, die du dann irgendwann abbezahlen musst, in welcher Form auch immer. Je größer die Sünde, umso größer die Schulden."

Die Reinigungsleute sind inzwischen hier fertig und begeben sich in den nächsten Verkaufsraum.

„Verstehst du, was ich meine, Gabi?" fragt er mich ernst.

Ich nicke genervt. Nun finde ich mein anderes ICH gar nicht mehr sympathisch und wünsche mir, wir wären uns nie begegnet.

„Ich darf dir das eigentlich auch gar nicht alles erzählen. Es heißt, dass jeder seine eigenen Erfahrungen machen und selber dahinterkommen muss."

Das wird mir nun aber doch zu viel, was er da erzählt. Ich will das nicht hören und damit auch nichts zu tun haben. Ich will endlich wieder zu Peter und meine Ruhe haben.

Mein Sitznachbar scheint sich allmählich aufzulösen und schimmert nun wie ein feiner hellblauer Nebel. Das erinnert mich an Aladin und die Wunderlampe. Ist mein anderes Ich ein Flaschengeist? Anscheinend ist er ein Geist, ohne Flasche.

„Ich glaube, das System hat seinen Fehler erkannt, ich muss nun gehen. Hoffentlich muss ich nicht zu arg für meine Geschwätzigkeit büßen," äußert er sich mit einem lustigen Augenzwinkern.

„Pass auf dich auf Gabi und tu immer das Richtige, im Sinne unserer Zukunft," ruft er mir mit verzerrter Stimme zu und ist verschwunden.

Weg ist er, hat sich einfach aufgelöst. Diese Welt ist wirklich rätselhaft.

Nun wird es aber Zeit, zu Peter zurückzukehren. Ich bin gespannt, ob er sich noch hier aufhält. Für alle Fälle mache ich mir einen Notfallplan, das schützt vor Enttäuschungen.

„Rechne mit dem Schlimmsten und finde dich damit ab". Diesen Satz habe ich einmal gelesen und ich finde ihn sehr weise. Dann kann es gar nicht mehr schlimmer werden. Also rechne ich damit, dass ich Peter nicht wiedersehen werde.

Der kann genug andere, schönere Frauen haben. Ich werde mich einfach in das gemütliche Kiefernbett legen und das Erlebte verarbeiten.

Danach möchte ich Urlaub machen, bevor ich mich an die Erfüllung meiner schwierigen Mission mache. Vielleicht fällt mir währenddessen auch eine Lösung ein. Eine beleuchtete Treppe führt in die nächste Etage.

In der Bettenabteilung steht das alte Ehepaar wieder am Wasserbett, die waren doch bei meinem letzten Besuch auch schon hier.

Die betagten Herrschaften lächeln sich verschwörerisch an, während sie mit dem Verkäufer verhandeln.

Mit seinen schulterlangen, grauen Haaren, die er heute offen trägt, wirkt er wie ein Dirigent. Seine blonde Begleiterin ist perfekt geschminkt, dadurch wirkt sie etwas jünger, als sie wohl ist.

Wie es scheint, werden sie das gute Stück käuflich erwerben, es ist ihnen allerdings zu teuer.

Der alte Herr hat Verhandlungsgeschick und bekommt dann das Bett etwas günstiger. Nun können sie es darauf zu Hause treiben, wann und so oft sie möchten.

Gespannt begebe ich mich in die Abteilung mit den Holzbetten und werde immer langsamer. Die Angst vor einer Enttäuschung schnürt mir die Brust zu.

Am Eingang blicke mich vorsichtig um.

Ein vornehmer Herr in dunkelblauem Anzug und einer hellblau gestreiften Krawatte macht gerade Probeliegen auf einem weißen Einzelbett.

Unglaublich, welch große Füße der Mann hat. Die polierten schwarzen Schuhe stehen ordentlich vor dem Bett.

´Die kann man auch gut als Rettungsboote verwenden´ fährt es mir belustigt durch den Kopf. Naja, das ist etwas übertrieben, aber es ist unglaublich, welch große Füße einige Leute heutzutage haben.

Zögernd schau ich mich weiter um und mein Herz beginnt vor Freude zu tanzen.

Dort hinten steht Peter. Er hat also auf mich gewartet und unterhält sich gerade mit einer schwarzhaarigen Dame.

Mit einer Frau! Habe ich es mir doch gedacht.

Ich sehe sie nur von hinten, aber sie wirkt sehr vornehm. Die Frau trägt ein beigefarbenes, knielanges figurbetontes Etuikleid und einen Blazer in türkis dazu.

Die eleganten Pumps haben eine ähnliche Farbe, wie das Kleid.

Der flotte Kurzhaarschnitt wirkt zumindest von hinten sehr jugendlich.

Sie scheint sich sehr intensiv mit Peter zu unterhalten. Immer wieder gestikuliert sie dabei mit ihren Händen herum, während er sie ernst anschaut und nur selten etwas erwidert oder mit dem Kopf nickt. Die Zwei scheinen ja ernste Probleme zu behandeln.

Enttäuscht schau ich dem Geschehen zu. Das war ja wieder klar, so ein Mann wartet doch nicht auf mich.

Ich richte meinen Blick nach oben und muss daran denken, wie wir nebeneinander im Bett lagen und verlegen die Struktur der Decke studiert haben. Wir wussten vor Verlegenheit anfangs nicht, was wir sagen sollten.

Mir steigen Tränen in die Augen. Kaum bin ich weg, schon hat er die Nächste im Schlepptau. Wie konnte ich nur wieder so gutgläubig sein und denken, dass er auf mich wartet.

Durch meinen Tränenschleier sehe ich zwei Männer, die sich zu Peter und der fremden Frau gesellen.

Zu viert scheinen sie ein wichtiges Thema haben. Der ältere Herr schmiegt sich an sie und legt vertraut den Arm um die Frau. So innig wie die beiden dort miteinander stehen, sind sie wohl ein Paar.

Überrascht stelle ich fest, dass ich mich geirrt habe. Die Frau gehört zu dem Herrn und nicht zu Peter. Ich kann die Gesichter nicht sehen, die beiden stehen mit dem Rücken zu mir.

Der junge Mann in der Runde kommt mir bekannt vor. Er hat kurze dunkelblonde Haare und trägt eine braune Lederjacke.

Ich kann sein Gesicht nicht genau erkennen, das Licht ist nicht besonders gut. Energisch wische ich mir die Tränen aus den Augen, um besser sehen zu können und gehe langsam auf die kleine Gruppe zu.

Wieder fährt es mir in die Magengrube. Ich habe das Gefühl, kleine Vögelchen schwirren zwitschernd um meinen Kopf. Der Mann in der Lederjacke ist mein Bruder Klaus und die elegante Dame und der Herr sind meine Eltern.

Was haben sie mit Peter zu tun? Wie es aussieht, ist er auf ihrer Seite und ich werde mir nun wieder eine Standpauke anhören müssen.

Sie hatten mich aus dem Haus geworfen und mir angedroht, ich dürfe erst wiederkommen, wenn ich Hilde und Thomas dazu gebracht habe, das mit meiner

Hilfe erschlichene Erbe an die rechtmä-
ßigen Erben zu übergeben.

Bisher habe ich noch nichts in der Angelegenheit unternommen und sollte
schleunigst verschwinden, ich habe
keine Lust auf Ärger.

Gerade als ich mich unauffällig zurück-
ziehen will, deutet Klaus mit dem Kinn in
meine Richtung. Er hat mich entdeckt
und ich würde am liebsten im Erdboden
versinken. Fieberhaft sucht mein Kopf
nach einer Ausrede. Zum Verschwinden
ist es nun zu spät.

Plötzlich schauen mich alle erwartungsvoll an und ich gehe in Verteidigungs-
stellung.

Dann geschieht etwas, womit ich abso-
lut nicht gerechnet habe. Meine Eltern
nicken Peter mit verschwörerischem

Blick zu und schlendern dann gemeinsam mit Klaus in die andere Richtung davon, ohne mich weiter zu beachten.

Was hat das nun wieder zu bedeuten? Diese Welt im Jenseits ist wirklich voller Wunder.

Nun bin ich mit Peter allein.

Er blickt mich strahlend an, während ich wütend auf ihn zu gehe. „Was hast du mit meinen Eltern zu tun!?" motze ich.

Belustigt schaut er mich mit seinen wundervollen, blauen Augen an. „Wir haben uns unterhalten."

„Wie kommt ihr dazu?" frage ich ihn entrüstet. „Woher kennt ihr euch überhaupt?"

Dieser unverschämte Kerl hat nicht einmal ein schlechtes Gewissen, dabei scheint er doch wohl auf der Seite meiner Eltern zu sein.

Grinsend schaut er mir in die Augen und meine Wut ist verflogen. „Wo warst du denn so plötzlich hin?" fragt er vorwurfsvoll. „Du bist aufgesprungen, wie von der Tarantel gestochen und bevor ich reagieren konnte, warst du schon verschwunden."

„Mir ist meine Beerdigung eingefallen, ich wollte sie doch nicht verpassen." verteidige ich mich. „Aber was wollten meine Eltern und Klaus von dir?" will ich wissen.

Der Nachtwächter schleicht mit seiner Taschenlampe durch die Abteilung. Momentan ist wirklich alles ruhig. Nur Peter und ich scheinen hier zu sein.

Peter legt sich aufs Bett und klopft mit seiner Hand einladend auf die Matratze. Ich soll mich neben ihn legen.

Schmollend lasse ich mich in gebührendem Abstand auf der anderen Bettseite nieder und starre die Decke an.

Die Notbeleuchtung lässt die Umgebung etwas gruselig erscheinen. Warum hat man dort nicht einfach schwarze Tücher mit Leuchtsternen hingehängt oder schwarze Bretter. Warum sieht die Decke eigentlich so unansehnlich aus? Haben die Architekten nicht bedacht, dass die Leute auch mal nach oben schauen? Das gesamte Kaufhaus ist so schön gestaltet und dekoriert und die Oberansicht passt überhaupt nicht dazu.

„Gabi", tönt es vorsichtig neben mir und ich könnte dahinschmelzen, „können wir jetzt unser Gespräch weiterführen, das wir durch deinen plötzlichen Aufbruch unterbrochen haben?"

Wütend setze ich mich auf und schau ihn mit funkelnden Augen an. „Du tust dich mit meinen Eltern zusammen und glaubst, wir können jetzt so tun, als wäre nichts geschehen?"

„Was hast du denn gegen deine Eltern?" fragt er mich bestürzt.

„Meine Stiefmutter kann mich nicht leiden und sie wollen mich zwingen etwas zu tun, wozu ich keine Lust habe und wozu ich auch gar nicht in der Lage bin."

Ein lautes Schnarchen ertönt von der anderen Seite des Raumes.

Der Herr mit den großen Füßen liegt immer noch in dem Einzelbett und schläft.

Wir sind also doch nicht allein.

„Deshalb haben deine Eltern mich angesprochen und gebeten, dir zu helfen. Sie haben unten auf dich gewartet, dich aber wohl verpasst."

Triumphierend muss ich daran denken, dass ich sie gesehen, mich aber unbemerkt an ihnen vorbeigeschlichen habe.

„Sie haben dich gesucht und gerade, als sie uns gefunden haben, bist du wie eine Furie davongerannt," setzt er seine Erzählung fort. Seitdem waren sie hier und haben sich mit mir unterhalten.

„Hallo Süßer, darf ich mich zu dir legen?" tönt es am anderen Ende.

Die aufgetakelte, blonde Frau, mit der Peter losgezogen war, hat ihr nächstes Opfer gefunden. Verschlafen schaut „Mister Bigfood" sie an.

Ohne eine Antwort abzuwarten hat sie ihre eleganten Pumps ausgezogen und quetscht sich neben ihn auf das Bett.

´So ein aufdringliches Ding`, denke ich und versuche erwartungsvoll in Peters Gesicht zu lesen. Wenn er eifersüchtig auf den Mann ist, kann er alleine hier weiter herumliegen.

Aber er folgt nur kurz meinem Blick zum Ort des Geschehens und widmet dann wieder mir seine ganze Aufmerksamkeit.

Belustigt höre ich vom anderen Ende wieder ein lautes Schnarchen. Da hat sich die feine Dame wohl den Falschen ausgesucht.

„Deine Eltern haben mir die ganze Geschichte erzählt," setzt er seine Erzählung fort. „Sie haben mir berichtet, dass Hilde dich immer nur ausgenutzt hat und dass sie und ihr Sohn dich erpresst haben, damit du das geänderte Testament unterschreibst. Ich weiß auch, dass sie dich vergiftet haben, um das gesamte Vermögen zu erben." Mit geschlossenen Augen höre ich ihm zu.

Wie ein Film läuft alles noch einmal vor meinem inneren Auge ab.

Ich sehe, wie ich vor der toten Frau stehe, die blutend hinter dem Haus liegt. Damals wusste ich noch nicht, dass ich es bin, die dort liegt. Ich dachte, das wäre eine Doppelgängerin, die unglücklich gestürzt ist.

Mir fällt wieder ein, wie Hilde und Thomas alle Wertsachen haben verschwinden lassen, bevor sie die Polizei alarmierten und wie Thomas Sabine, die Tochter meines Stiefbruders, aus dem Haus werfen wollte.

Mir fällt auch wieder ein, dass Thomas es sehr eilig hatte, meinen Körper verbrennen zu lassen. Vermutlich, damit niemand mehr die Vergiftung feststellen kann.

Und mir fällt Hilde wieder ein, die Händchen haltend mit einer anderen Frau im Lokal saß und sich mit dem wertvollen Familienschmuck meiner Stiefmutter geschmückt hat. Auch an das neue teure Cabrio muss ich denken, mit dem sie seit meinem Tod durch die Gegend fährt.

Entschlossen schau ich Peter an, der mich die ganze Zeit beobachtet hat.

„Meine Eltern haben recht" informiere ich ihn entschlossen, „diese Unverschämtheiten kann ich nicht einfach so hinnehmen, ich muss denen einen Denkzettel verpassen. Aber ich weiß nicht wie," beichte ich ihm ratlos.

„Deine Eltern wissen, dass du es nicht alleine schaffst." Liebevoll legt er seine Hand auf meine.

Es fühlt sich an, als würden lauter Gold-
fische in meinem Bauch herumzappeln.

„Deshalb haben sie mich gebeten, dir zu
helfen," erzählt er weiter.

Mir fällt mein Wunsch beim Anblick der
Sternschnuppe ein. Wie es aussieht, hat
es gewirkt und mein Wunsch geht in Erfüllung. Ich bekomme wirklich Hilfe bei
der Erfüllung meiner Mission.

„Ich soll dich übrigens von deinem Bruder grüßen. Auch er hat inzwischen
dazu gelernt und es tut ihm leid, was er
und sein Kumpel Bruno dir angetan haben. Er hat auch erkannt, dass Bruno
nur an sich und sein Vergnügen denkt
und kein wirklicher Freund ist.

Klaus würde sich gerne mit dir versöh-
nen, fürchtet aber, dass du nicht mehr
mit ihm reden willst."

´Als ob ich Klausi jemals böse sein könnte´, denke ich. Ich habe ihm immer alles verziehen. Aber jetzt haben wir andere Sorgen.

Liebevoll schau ich Peter an.

Von der anderen Seite erklingt ein ächzen und stöhnen. Die „Pink-Dame" hat den Großfüßigen wohl doch noch wach bekommen. Sie sitzt unbekleidet rittlings auf ihm und ihre schlaffen Brüste wackeln bei jeder Bewegung lustig hin und her. Er liegt entspannt auf seiner dunkelblauen Satinbettwäsche und genießt geräuschvoll das Geschehen.

Ich kann es gar nicht glauben, dass so ein wundervoller, gutaussehender Mann wie Peter so nah bei mir ist und mir bei solch schwierigen Dingen helfen will.

Wahrscheinlich wache ich gleich auf und muss feststellen, dass es nur ein schöner Traum ist.

Zärtlich nimmt Peter mich in seinen Arm. Es fühlt sich so wahnsinnig gut an, dass ich für immer so liegen bleiben möchte. Da sind sie wieder, die beiden Worte „für immer" und die Frage, wie lange dauert „für immer".

„Ich habe mir schon etwas ausgedacht," flüstert er mir zärtlich ins Ohr.

„Jetzt nicht," antworte ich leise „lass uns diesen Moment genießen. Ich würde auch gerne noch einmal verreisen, etwas Abstand gewinnen und Kraft tanken. Dann können wir uns um Hilde und Thomas kümmern. Wir haben doch Zeit."

Peter drückt mich noch etwas fester an sich und küsst mich so liebevoll, wie ich es noch nie erlebt habe. „Ja" flüstert er.